U0113507

"创新报国70年"大型报告文学丛书

中国科学院 中国作家协会 中国科学技术协会 联合组织创作

高蹈之魂

毛眉 著

浙江教育出版社·杭州

指导委员会、编辑委员会成员名单

指导委员会

主　任：白春礼　钱小芊

副主任：侯建国　白庚胜　谭铁牛　徐延豪　王春法

委　员：袁亚湘　杨国桢　万立骏　陈润生　周忠和

　　　　林惠民　顾逸东　康　乐　崔　鹏　郑　度

　　　　安芷生　万元熙　王扬宗　樊洪业

编辑委员会

主　编：侯建国

副主编：周德进　彭学明　郭日方　郭　哲

编　委：冯秋子　王　挺　徐雁龙　范党辉　孟令耘

　　　　孟英杰　潘亚男　郑培明

项目组成员

周德进　徐雁龙　孟令耘　孟英杰　赵　耀　马　强

王紫涵

今年是中华人民共和国成立70周年。70年时间，在历史的长河中如白驹过隙，但在中华民族的历史上却是浓墨重彩。中国人民在中国共产党的领导下，从苦难深重的旧中国站起来，在一穷二白的条件下富起来，在百年未遇的变局中强起来，中国特色社会主义事业取得了一个又一个巨大成就。

成立于1949年11月1日的中国科学院，始终与祖国同行、与科学共进——70年来，在党中央、国务院的坚强领导下，几代科学院人不懈努力、顽强拼搏，始终以"创新科技、服务国家、造福人民"为己任，为我国经济发展、社会进步、国家安全等诸多方面做出了重大贡献，成为党、国家、人民可以依靠和信赖的国家战略科技力量。70年峥嵘岁月，中国科学院产出了一大批创新报国的科研成果，涌现出一大批创新报国的先进代表和典型事迹，几代中国科学院人共同谱写了创新报国的华彩乐章。

"创新报国"是中国科学院的优良传统。无论是1965年在世界上首次人工合成牛胰岛素，抑或1988年北京正负电子对撞机首次对撞成功，还是2017年构建天地一体化广域量子通信网络，中国科学院人创新报国矢志不渝。以北京正负电子对撞机为例，邓小平在参观北京正负电子对撞机国家实验室时指出："任何时候，中国都必须发展自己的高科技，在世界高科技领域占有一席之地……高科技的发展和成就，反映了一个国家和民族的能力，也是一个国家兴旺发达的标志。"北京正负电子对撞机的建成，奠定了我国在粒子物理学领域的国际领先地位，是继"两弹一星"之后，我国在高科技领域的又一重大突破性成就。党的十八大以来，习近平总书记始终把创新摆在国家发展战略全局的核心位置，指出"科技是国家强盛之基，创新是民族进步之魂"。中国科学院发扬创新报国的优良传统，不辱使命，再立新功，从"中国天眼"、散裂中子源等重大科技基础设施，到"悟空"号暗物质探测器、"墨子"号量子实验卫星、"慧眼"硬X射线调制望远镜卫星等系列科学实验卫星，再到铁基高温超导、多光子纠缠、中微子振荡新模式、水稻分子育种、量子反常霍尔效应等基础前沿重大创新成果，都充分体现了国家战略科技力量的使命担当和实力水平。

"创新报国"是中国科学院人科学精神的集中体现。无论是扎根边疆、献身植物科学研究的蔡希陶先生，坚持实地调研、重视一手资料的地理学家周立三院士，还是时代楷模"天眼"巨匠南仁东先生、药理学家王逸平先生，他们都用毕生的科学实践诠释了求实、创新、奉献、爱国的科学精神。以南仁东先生为例，为了给"天眼"选址，他跋山涉水，在贵州的深山里奔波了12年；身为项目首席科学家兼总工程师，他淡泊名利，长期默默无闻工作在一线。我们要珍惜这些宝贵的精神财富，大力弘扬他们在科研工作中体现出来的科学精神和专业精神，营造良好的创新文化氛围，推动创新文化建设，增强广大科研工作者的历史使命感和责任感。

"创新报国"是中国科学院科学文化的核心理念。科学文化是影响创造性科研活动最深刻的因素，是科学家创造力最持久的内在源泉。基础研究和原始创新要求科学家具有勇于探索、敢为人先的创新精神，严谨认真、锲而不舍的治学态度，无私忘我、甘于奉献的崇高人格，不辱使命、至诚报国的伟大情怀。中华人民共和国成立之初，百废待兴、百业待举。竺可桢、吴有训等一批饱经战火洗礼的爱国科学家毅然选择留在新中国；赵忠尧、钱学森、郭永怀等一批优秀科学家纷纷放弃海外优厚的生活条件，克服重重阻挠回到祖国。在当时十分艰苦的条件下，他们以高度的爱国热忱投身于新中国的科技事业，积极参与新组建的中国科学院的建设，研制"两弹一星"，制定"十二年科技规划"等，使新中国许多空白领域得到填补，新兴学科得到发展。中国科学院70年的奋斗历程，始终依靠的就是这种文化和精神，我们必须珍视和弘扬。

"创新报国"对新时期我国科学文化建设具有重要意义。科学文化本质上是一套行为准则、社会规范和价值体系，包含科学知识、科学方法、科学思想、科学精神等方面。一方面，"创新报国"已经内化为我国科学文化的一部分。"服务国家、造福人民"不但是广大科技工作者的历史使命和社会责任，也是科技工作的出发点和落脚点。另一方面，科技工作者在具体的创新活动实践中，不断深化和丰富了科学文化的内涵。他们所取得的面向世界科技前沿、面向国家重大需求、面向国民经济主战场的创新成果，帮助我们进一步坚定了民族自信和文化自信，为科学文化建设提供了强有力的科技支撑。

五年前，出于提高全民族科学文化素养的共同责任，中国科学院、中国作家协会、中国科学技术协会前瞻性地部署了"创新报国70年"大型报告文学丛书项目，目的是聚焦"创新报国"的主题，回顾我国70年重大创新成就，展现杰出科技工作者群体风貌，倡导科学精神、奉献精神和创新精神，弘扬爱国主义、集体主义和理想主义。

五年时光，倏忽而逝。这期间，作家舟车劳顿、深入基层采风，审读专家埋首伏案、逐字逐句精心审读，中国科学院研究所同志翻检档案、提供支撑保障，中国作家协会、中国科学技术协会、中国科学院机关和工作团队的同志们鼎力支持、居间协调，浙江教育出版社的同志仔细审稿、严控质量。几许不眠夜，甘苦寸心知。而今，"创新报国70年"大型报告文学丛书首批作品即将付梓与读者见面，相信这批融合了科学与文化、倾注了心血与智慧的作品，这套向历史致敬、向时代献礼的报告文学，能让我们重温激情燃烧、砥砺奋进的70年岁月，进一步坚定执着前行、无悔奋斗的信念，去努力实现建成世界科技强国的美好梦想。

中国科学院院长、党组书记

白春礼

中国科学院学部主席团执行主席

2019年6月

目录

一、植物园初印象 / 001

二、逛植物园 / 011

三、进曼俄寨 / 028

四、雨林生态 / 041

五、黑白"西园谱" / 055

六、龙血树 / 069

七、那个告别京城的背影 / 081

八、啊，拓荒者！/ 097

九、划船者与挑担者 / 113

十、植物学，离百姓最近的学问 / 126

十一、分类学，万千事物的大总管 / 142

十二、他是一个怎样的人 / 152

十三、儿子蔡君葵：他是一个自然人 / 171

十四、女儿蔡仲明：他的那句我不记得了 / 187

十五、水杉树 / 201

十六、西双版纳宣言 / 209

丛书出版后记 / 225

一、植物园初印象

　　一走进昆明机场，我的眼睛就开始搜索那些高大的绿色盆栽。在很多机场见到的那种俗称橡皮树的盆栽，多半会假，但这里大盆大盆的植物，都是真的。转眼，我又发现成箱成箱的蚂蚁，摆在机场大厅出售。这是什么情况？见过卖牛羊卖鸡鸭，没见过卖蚂蚁的，连带想起蚂蚁的群体作战，不由得让我这个见惯了"大漠孤烟直，长河落日圆"，需要大尺度空间感的北方人，立马就犯了密集恐惧症，更多的词汇跟着跳了出来，"热带雨林""大板根""独木成林""榕小蜂与榕树共生"……带给我第一丝属于热带的气息。

　　转机后，走出嘎洒机场，就到了西双版纳傣族自治州州府景洪市。极光般的霓虹中，我只记住了满街的护栏，或是大象的造型，或是孔雀的造型。之后的路上，也多次见到"野象通道，注意安全"的提示牌。思忖，这两种动物被西双版纳提炼成象征符号了吗？都好写实，大象可靠，孔雀可赏，并不像恐龙那样死无对证。我来自恐龙的故乡，那种巨大的存在已然灭绝，让我对现存的一切生命都怀有深深的珍惜。

热带的轮廓，被棕榈树勾勒出来，那被称为"热带王子"的棕榈，给人异国风光之感。近些年来，它成了高端的代名词，许多城市新开业的大型超市、高档小区，都花重金购买棕榈树做绿化，但热热闹闹的开场式后不久，它就会因为对南方的渴望而萎黄。但在故乡，它挺立得如此自信，高高地指示着我们，一路向西。

一路向西的，不光是路，还有静水深流的澜沧江。一座城市，如果能有江河穿过，会显得颇为动人，宛如一幅灵动的画卷。忘记是谁说过，"没有一条河流，你就不能建立一个国家；没有森林和群山的山脚，你就不能建一个村寨"。

我转向道路两侧搜索村寨。到处是蓊郁的森林，间或在黑绿的枝条上，露出一个顶子，藏住了人烟，那，就是傣家人的竹楼，它们总是建在近水处，其间或跑出一个玩耍的孩子，或闪出一个男人或女人的影子……

从动物，到植物，到大江，到村寨，到男人、女人和孩子，不一会工夫，热带元素都齐备了。

一道目光接一道目光，一个声音接一个声音，一种气味接一种气味，我总是会对一个民族与其周边事物之间的协调惊诧不已。

走过澜沧江，出现了轻柔弯曲的罗梭江，如一曲缠绵的傣歌——植物园，到了。

车进大门，可以看见，柏油路两旁，形态各异的棕榈树，整齐肃然，一丝不苟地行注目礼。

一份旅游攻略上说，西双版纳11月至次年4月是干季，气温不高不低，5月到10月是雨季。

看雨林，当然要雨季来啊。我知道这个由蔡希陶创建的名园，如今人流如织，所以错峰选在"十一"长假之后来。虽然，可能已找不到早期开拓时的那份蛮荒，但还是想找到人群散尽后的幽然，我在这里会见证些什么呢？

说出一个地名或一个人名，你在几秒钟内，会联想到某场景。这就是心理学家所说的"举证联想法"。

那么，举出西双版纳这个地名，你会联想到什么？干栏式傣家竹楼、婀娜的"小卜哨"、泼水节、孔雀舞，还是西双版纳热带植物园？

举出西双版纳热带植物园这个地名，你又会联想到什么呢？——蔡希陶。

你不能分开草木和水，不能分开大海和沙，也不能分开西双版纳热带植物园与蔡希陶。

他主持过对我国野生橡胶资源的考察、对橡胶宜林地的调查、对云南野生植物资源的调查及利用，取得过很多与国计民生密切相关的研究成果。而他一生中最有影响的工作，是为新中国创建了热带植物园。让西双版纳热带植物园成为我国重要的战略性热带植物资源保藏基地……

终于踏上了蔡老曾散步的土地，植物园里的万千生命，通过各种感官——耳朵、眼睛、鼻子，来到我的身边。虽然是第一次来，却对它的一切感到熟悉，所有读过的有关它的资料一一回溯、一一对应。这种熟悉感，可能在于内心，在于一种博物的情怀。作为后来者，我的思想空间，不可能与创建者们完全重合，但此时却能够在植物的精神上，找到部分重合。那遍地的蕨、菩提树、槟榔、铁刀木、番木瓜、贝叶棕、缅桂花、凤凰木，在我的家乡，根本就不存在。

王莲酒店，刚刚送走"十一"国庆节的游人，显得清静、亮堂。门厅里，雅致的藤椅，在潮湿的空气中，安静地休息；露台上，摆着幽香四溢的鲜花；水洼里，传来青蛙的咏叹。一只蜻蜓始终在眼前飞，我问自己，上次见到蜻蜓，是什么时候的事情了？

问前台小巧的傣家姑娘，"王莲在哪里？"

她内敛地笑着说，"明天，你就看到了。"

哪能等到明天。那些被称为傣家生态树的铁刀木、高山榕、菩提树，都在路边，我都等不及一一去打招呼了。

小心翼翼地，我开始进入这个世界。

所有的树木与花朵，都努力张开叶脉，吸收掉尘世的杂音杂尘。葫芦岛上，一片寂静。

在一庭园，靠近粉白的栅栏处，有一丛很高的植物，是紫丁香吗？它有着心形的叶子，艳丽的花朵，强烈的芳香。

我观察着这座名园中每一件新鲜的事物，不是从它的著名开始，而是从一只蜻蜓、一场热带的雨，从路上无意间踩到的一只蚂蚁开始。此行，需要一种健康的、有温度的、和大地有联系的写作，去亲眼看见植物如何生长，叶子怎样冒芽。

在草木间散步，不可能不对自己的无知感到惊讶。鸟在我周围，然而我的观察力如此微弱；植物佳丽在我周围，然而闻其香，睹其芳，却不知其名。就像约翰·缪尔在《夏日走过山间》里写到的那个牧羊人，"他听着鸟鸣、羊叫、狼嚎，也丝毫感觉不到自然的美，羊群只是赚钱的工具，植物只是原料……我猜，这样的灵魂大概已经睡着，或是因为笼罩在平庸的快乐和担忧之下而窒息，反而看不清真正珍贵之物。"

以前所认识的一切草木花香，都在《诗经》里，在唐诗中，在纸页上，被《诗经》、楚辞汉赋、唐诗宋词，连绾着。但读了多年，却连情人节送的是玫瑰还是月季都分不出。真切地游荡在植物园，才发现，读了多年的赋比兴，也换不回对自然的感知。

现在的"国学"热，讲的是中国古代的伦理、政治，其实，中国也有优秀的博物学传统，有了不起的博物学家郦道元、沈括、徐霞客、李时珍、周作人、竺可桢……

如果你能与一个植物学家同行漫步，那真的是件有趣的事情，会有很多有趣的话题，榕树挂果的方式，大板根的生存方式，蚁酸使花朵变色的现象……还可以与很多高贵的灵魂相遇，包括蔡希陶。

卢梭是怎么解释他为什么喜爱植物学，而不是动物学、矿物学、天文学的？他说，矿物深藏地下，挖矿冒险，要做实验，需要用到物理、化学，他做不了；动物学则需要解剖、肢解尸体，不是他喜欢的；那么，研究满天的繁星呢？他又说，星星太远，需要仪器，需要"很长很长的梯子"；只有植物最适合，有助于培养人对大自然的感受力、敏感性。他说："我被身边这些令人愉快的事物吸引了，我对它们仔细观察、慢慢思考、一一比较，终于学会了把它们分类。就这样，我自然也成了植物学家，成了研究大自然的植物学家，其目的只是为了不断找出热爱大自然的新理由。"

此行，我追随蔡老那开拓者的脚步，将过去、现在、未来挽结在一起，使已经发生过的开拓史，与目前现存的事物连贯起来，因为它们本来就不是彼此脱离的，但是，连贯的节点是什么呢？

时间，抹平了蔡希陶曾经走过的崎岖小路，但那些植物却表现出惊人的稳定性。应该就是眼前这些具有超强稳定性的植物，让我看到蔡老曾经看见的那个世界。

我注意到蔡希陶曾提出过的一个问题："我在云南长期旅行，接触了不少农民朋友，他们看到我跑了这么长的路，花了这么多的钱，就时常问我，'你采这么多花花草草，拿回去做什么用呢？'这样的话，我不知听了几百次，但是我总无法回答他们的问题。我没有能力把科学研究的意义和国家的需要讲出来使当时的农民了解，就是我能讲出这番道理来，当时的农民也不一定会接受。可是，从此我把这个问题刻在我的脑海里。"

研究植物为了什么？是当今许多学者忘记思考的问题。

他的答案是："我的工作，应该做在实用的刀口上，群众才会同情我。于是，我立定要用植物学这门理论学科去为人民做一些有用的工作的志愿。"

植物园，立体地展示着蔡希陶的座右铭与他的学术观点——把论文写在大地上。这是蔡希陶的学术观点，也是他的人生观点。这个观点真的是石破天惊。在科学阵营，是需要按科学标准发表论文的，否则就得出局。

为了寻找一个写作的切入口，我总愿意带着问题上路。我此行的问题是，植物学家蔡希陶，是一个怎样的人？

真正具有生命力、原创性的学术命题不是来自书本、国外，而是来自我们独一无二的生活现实和文化处境。

今天的西双版纳热带植物园，已经成为我国重要的战略性热带植物资源保藏基地、国家 5A 级旅游景区。

我在这里，企图凭借写作，理解蔡希陶。我一路追随他的足迹，发现他之所以一生都致力于让植物有用处，其实是为了让自己的生命更有用，让生命燃烧充分，把一生的价值，呈现在大地上。

哲学家的伟大之处是，他们会接受任何论证，无论多么怪异，只要能自圆其说。写在大地上的论文，不用自圆其说，它不是思想体操，它就是大地本身。蔡老的“立体文章”“云烟”享誉中外；橡胶形成了产业；樟油、香叶天竺葵油，已成为云南省外贸出口创汇的重要商品之一；从龙血树提炼出的“血竭”，已成为云南医药的新兴产品；人工植物群落学、民族植物学，蔡老开创了一个个新学科……他不光引进种属，还致力于对本土植物的发现，去找到它们，去命名它们，去唤醒它们，去利用它们造福这个世界。

在这样的开拓下，葫芦岛被重新安排了秩序，不再是以前的那个小村庄，田地上因长满杂草而无法穿行，而是一个现代化的科研基地了。

他的行为像个诗人，一个与他生长的大地、国度、时代相适宜的诗人。中国是个资源大国，作为植物学家，他要求自己不辜负时代的要求，能合理开发祖国的植物资源。

他是一个有根的人，从事着一门有根的学问。他总是戴着一顶鸭舌帽，在太阳底下，做着观察的工作，摘录的工作。随时在一棵芭蕉下、一个窝棚中避雨。出差在外，总是带着书、笔记本、标本夹。科学家总是与大自然的复杂系统打交道，会更多地体会到世界的多样性。他爬山、看日出，悟出了一种来源于大自然的智慧；他在葫芦岛上看到的，是某种与他自己的本性一样美丽的东西；他要展示出人与植物之间那种玄妙的关系；他终此一生都在追求知识，了解植物的叶片、根系、害虫和寄生物……

有一些人，即使面孔已经消失，依然滋育着我们的心灵。西双版纳热带植物园的导游，都会背诵蔡希陶《咏热带植物园》中的句子："群峦重重一霍平，万木森森树海行。"

他在这里诗意地栖居着。带着对葫芦岛的爱，对山林的爱，对林中小动物的爱，他俯身察看一片点地梅，一株蒲公英，一簇小根蒜，感受自然的神奇，欣赏进化的绵长完美，在大自然的感化下，他更加谦逊、感恩并充满敬畏。这是一个植物学家的"诗意地栖居"。

爱大自然的人，应是好人，他能看到自然世界的秩序和多样性。他心灵在成长，从见自己，见植物，到见人类。在三年经济困难时期，为了摆脱全国性的生存困境，他长年驻扎荒野，研究芭蕉如何代粮，研究如何种植油瓜并利用它的大瓜子榨油，他的最高理想是：在最小的课题上建立起最大的事业。什么是最大的事业？就是百姓温饱，祖国需要。

夜晚，在无人的西双版纳热带植物园，听鸟找蛙、蛙找虫、虫找花、花被虫子啃噬，叶落有声，花香在空气中流贯。蛙叫、虫鸣，猫头鹰和大壁虎的叫声，竹节虫、热带蜘蛛、螽斯、蛾子，各种夜行性动物，以及缝叶莺、蜥蜴、蜜蜂睡觉的萌态……到处弥漫着一股蓬勃向上的朝气，是向善的，向美的，充满希望的。这希望来自一切有生命的东西：草、木、虫、蛙，都是健康的、生机勃勃的，没有任何潦倒相，"夜合而欢""昙花一现"，曼陀罗，都在绚烂中发出浓烈的香味；凶猛的胡蜂、迅捷的蜥蜴，到了夜间则一动不动。

棕榈树伫立，夜半流萤，有一闪而过的翅膀，不知道是谁的翅膀。池塘深处，刚刚出水的是几声蛙鸣，不知名的昆虫留下几声虫鸣。一只大蚂蚁从一片叶子下走过，发出沙沙的声响。

草坪的绿，树梢的绿，高低不一的绿，澎湃着，暗涌着，安静地喧嚣着，扑扑啦啦地，溅我一身草绿，染我一身草香，等回到王莲宾馆，自觉似乎具有了植物学家的气质。

回到房间，雨大了起来。窗外的层层芭蕉叶，让一场热带的雨变得更加激烈，让我听了一夜那首原生态的名曲《雨打芭蕉》。这雨，别让整座王莲酒店在明天早上漂起来！

二、逛植物园

在蜉蝣即将出水的时分，我来到林间花下。枝干，浸透着松树的清香；叶子，散发着淡淡的龙涎香。

王莲酒店没有在一夜芭蕉雨后浮起来，甚至连马路上也没有积雨，让人不禁想问，那么大的雨水，都去哪了？

叶子、花朵，都打开了表情，伸开了胳膊腿，满满地储备了昨夜的雨水。我才明白，为什么北方沙漠里的植物都是针叶，不是阔叶，没有雨水，阔不起来啊。

一群撑着花伞的傣家女，身材怎么那么苗条？她们组成了少数民族科普导游队，每天都引领着各地的游客来感受热带雨林。

依坎旺是讲解员中的一个，我们叫她小依。她的声音清脆动听，身上挎着一个傣族花包，她说："花包，在傣语里叫'通来'。"园里，那些迎面走来的游客，多半都在胸前挂着艳丽、小巧的"通来"。

小依摘了一朵沾着晨露的花，插到头上，我们开始了一段愉快的行程。

她边走边介绍："我们植物园的全称是'中国科学院西双版纳热带植物园'，是在蔡希陶教授领导下于 1959 年创建的，是中国热带植物的研究基地，奇树异木、名花珍草，吸引着四海游客，我们这是热带雨林景观，让你不出国就到了东南亚。"

她的语速不急不缓，行云流水一般，没有一般景点导游的那份急躁。这是傣民族的特点吗？

路边，不时有背着画架的小女生在画着静物。"每天，都有大量的'植物画家'和植物爱好者来到植物园创作写生，我们园内设了百花园、藤本园、树木园、南药园、榕树园、龙脑香园、能源园、棕榈园、百果园、龙血树园、阴生植物园、国树国花园、名人名树园、野生姜园、野生兰园、天南星园、热带雨林景区……"

一口气说完这些，她笑了，"要把这些专类园区参观个够，需要一周。"

我便在心里换算了一下它的面积，想了想我在这要待的时间。

与小依沿路聊天，看到什么就说些什么，有一搭没一搭地聊。

"这里有棵龙血树，它一年长不到一厘米，能活五六千年。龙血树的发现有一个很长很长的故事，是蔡希陶写信给儿子，他的儿子在山里找到的。羯布罗香属于龙脑香科，从树上掉下来时，羯布罗香的种子会想办法把自己变轻，它会旋转着落下来，不会摔坏自己，这是植物的智慧，尽力飞得远一点，努力不被虫子发现，不被虫子吃掉。"

说实在的，她这段话里出现的植物，以及植物之间的关系，我没搞明白。植物本来就是一个微观的宏大世界啊。

"这棵是望天树，可以长到 80 多米呢。望天树的发现，证明了云南有热带雨林的存在，打破了国外以纬度划分的学术杠杠，说中国没有热带雨林。望天树在群落结构各个方面，都是一个标志，是蔡老带着一批人发现的……"

我知道望天树也有一个长长的故事。它属于热带雨林龙脑科树种，就像小依说的，它是热带雨林的标志性植物，又是国家一级保护植物。

在西双版纳层层叠叠的原始热带雨林中，密集地生存着代表东南亚热带雨林的标志性树种——望天树，它所归属的龙脑香科是典型的泛热带分布科，是东南亚低地湿性雨林的优势科。它是典型的热带树科，在我国分布在云南、广西、海南和西藏东南部。学者们把龙脑香树种的有无，作为识别热带雨林的重要依据，所以望天树被认为是热带雨林的特征性物种。

20 世纪五六十年代来过的苏联专家断言，中国没有真正的热带，没有象征性的树种望天树。

但是这一断言被蔡老打破了。那是 1974 年，63 岁的蔡希陶去勐腊县科考，与望天树的美丽邂逅，堪称轰动性的发现，改变了国际植物学界的普遍结论。

刚开始，国际上对这个发现将信将疑。那些植物学权威们，从没到过西双版纳，仅在实验室里计算着西双版纳的经纬度、海拔、平均气温，就得出结论，这里不符合热带雨林存在的条件。

1986 年，英国女王伊丽莎白到访云南昆明，菲利普亲王随行。在官方礼仪性访问外，菲利普亲王提出想到西双版纳，探究是否真的存在热带雨林。因为他听说中国植物学家蔡希陶有了这个发现，确定了这里是地球北回归线附近唯一的雨林。他想来一探究竟。菲利普亲王当时是世界野生生物基金会主席，有丰富的生物学知识，他沿着一条纵深的小径，走进西双版纳密林，发现了与赤道巴西热带雨林相媲美的典型沟谷雨林。行走，是消除偏见的最好方式。菲利普亲王将他的见闻介绍给世界生物学界，给植物园带来了世界性声誉。

不负众望的望天树，是我国最高的树种，通体笔直、寿命极长、出材率高、坚硬耐用、耐湿力强，可造船只、桥梁、家具，是重要的热带木材。其实我不想说到它的实用价值，单单它的高耸与美丽，难道不足以让人仰视吗？

它进化得很高级，顽拗性种子，在枝头就萌发了，为了避免落地时摔坏了胚芽，它进化出旋桨一样的翅果，慢慢地飞下来，落地生根。

因为它的挺拔，它的高耸，它的通体笔直，常常被选来作为名人植树的树种。

蔡希陶的发现，英国菲利普亲王的手植，使这棵望天树成为名园中的名树，也成为植物园的一张科普名片——20 世纪 80 年代植物园早期的门票上就印着望天树。

我在这棵树下，停了很久。

小依笑道："下面，扶好你的下巴，我们一起去领略棕榈植物的精彩吧！"

"为什么要扶好下巴？"

"嘻嘻，因为，树上飘着让人惊叹的经幡呢。你看，这就是贝叶棕，传承了千余年的贝叶经，就是用民间制作的铁笔，刻写在特制的贝叶棕叶片上的，这是非物质文化遗产，是傣族文化的集大成者。和尚用它来写经、刻字、再刷上墨，就叫贝叶经，能保存上千年。它的制作过程，包含了采摘贝叶棕的叶片、煮叶片、清洗、晾干、制匣、刻写、穿线等诸多工序。"

傣族，一个在树叶上记载自己历史的民族，贝叶经之于他们就像羊皮卷之于游牧民族。每个民族都在千方百计地写下自己的历史，留下在不同的时空里存在过的痕迹。

"这个油棕的叶子，掉下一片就会砸死人，有 25 千克。"

天呐，北方的叶子，叫飘，这里，叫砸。

见到一棵高高直直的槟榔树，小依笑道："傣族的小伙子很会爬树，因为要用槟榔作定情物，如果小伙子能够爬上槟榔树，摘下槟榔，就能获得姑娘的欢心，否则是讨不到媳妇的。以前槟榔也是货币的象征，可以当货币用，庙里也会在梁上悬挂着它。

"我们现在来到的百花园，是西双版纳热带植物园的第一景，它是以"天女散花""五彩斑斓""层林尽染"为名字来划分区域的，我们现在所在的地方，是天女散花区。"

难怪，我们被飞蝶花枝簇拥着，步移景异，花开不谢。

"我们西双版纳热带植物园是 5A 级景区，五六月的时候萤火虫非常多，有夜观活动，有些人会到这里来捕捉萤火虫，一个人能捕捉上百只，卖给来收购的人，致使萤火虫大批消失，现在就不允许捕了。这里有留鸟 280 多种，非常非常多的鸟，有了植物就会有鸟呀，这是相互依存的，小时候我总是大清早就被小鸟叫醒。"

小侬露出一个娇羞的笑，"百花园是一个拥着情人漫步的好地方。"

来自中科院的女孩小胡则说："这一片草地的坡度，看上去很像高尔夫球场，在这里办婚礼，哇，浪漫。"

"这叫葱莲，或者叫葱兰，是一种风雨花，在雨季开花。

"这是一种痒痒树，学名紫薇，一开始开紫花，后来会脱皮，会发抖。

"木芙蓉会变色，一天三变，从白色变成粉红色，来吸引不同的昆虫，授粉后，就变成了红色。变成红色的意思就是闭门谢客，我已经得到授粉，你就不要再来了。

"粉纸扇，它吸引昆虫靠的不是花，而是花萼。可能是因为花又小又不香，所以用鲜艳的花萼，把花包围起来，就好像人靠衣装一样，用萼来吸引昆虫。三角梅也是这样。

"你看，旅人蕉，就像孔雀开屏。

"这种花又被称为男人花，因为它没有心嘛，有的男人就这样没心没肺。哈哈，那是不科学的，其实，它的学名叫黄蝉。

"这棵是星油藤，是路甬祥院长引种的。"

来到含羞草面前，小依说，"来，羞一下，看它会不会羞？每天都有游客来碰它，羞它，时间长了，就习惯了，哦，这一棵还害羞。小时候我家有一盆，放在窗台上，我会时不时去摸它一下，它是我童年最敏感的小伙伴。清晨，睡了一夜的含羞草，叶片闭合，叶柄下垂，一副没醒的样子。阳光一来，就像闹铃叫醒了它，粉色的花序向着太阳，每一朵花，还是一颗种子的时候就梦想着开出花呢，古人也把含羞草叫知羞草。"

不管你读了多少年的赋比兴，身在植物园，一个不认识含羞草的灵魂，多么荒凉。

她转到科普环节，"你一定会问，含羞草是怎样闭合的？因为植物细胞内含有大量的水分，对细胞壁产生膨压，膨压大，含羞草的叶片就会打开，一旦叶片接收到触碰信号，膨压会以十分之一秒钟的速度下降，细胞中的水分快速流失，叶子就会闭合，叶柄就会下垂，只需十分钟可再次舒展叶片。含羞草叶片的闭合，是礼貌；叶柄的下垂，是回避；它带刺的茎干和含羞草碱，是拒绝。植物无法像动物那样自由移动到安全的地方，不进化出一些有利于生存的方法，很可能就被淘汰了。"

我们听得心领神会。在各种欲望的纠缠中，不善拒绝的人们，学学含羞草吧。

含羞草对外界的敏感反应，表明植物也有类似动物的神经活动。植物虽然没有大脑、没有眼睛，却有复杂的感觉系统、调控系统。它知道什么时候开花，什么时候落叶，害虫是不是来了，阳光在哪里，夜晚有多长。

所有的种子无不想长成大树，所有的花蕾无不想绽放，这是属于植物的欲望，它们都在力行完成使命，以无穷的繁衍、雄心勃勃的蔓延，去征服这个星球的表面。

"来，我们去看跳舞草。"

她对着跳舞草，唱起一首《月光下的凤尾竹》，真的，叶片就随着歌声舞动起来。

什么道理呢？

"靠声波传输，主叶不动，但两片副叶会跳在一起，据说，它是一个少女的化身，如果是男声唱歌，会跳得更好。"

我立刻想到一个词："植物感应性"。

植物是人类生存的基础，它丰富着人类的精神文化，"蒹葭苍苍，白露为霜""红豆生南国，春来发几枝"都是植物的美学价值在诗歌中的体现。

保尔森描述："谁要是认为植物能听懂我们的话，甚至看出我们的心思，那是太高估它们的能力了。但这并不等于说它们没有知觉，相反，它们极其敏感，它们有视觉、触觉、嗅觉、味觉，并且能够感受重力，只是它们有自己的方式，与我们的方式大不相同。"

"这是柚木，又称'爷孙树'，爷爷种的树，到了孙子辈才能看到果实，是蔡老从缅甸引进的。"

引人遐想的是，岂止柚木，岂止爷孙树，植物园的一切，不都是先辈留下的遗产吗？

在红豆树下，小依用手心托起一颗红豆，"你仔细看过没有，红豆上面的图案是一颗心套着另一颗心，两颗心套在一起，就是心心相印，所以才有'此物最相思'"

细看之下，不禁莞尔，谁和谁的心，梁祝？宝黛？中国文化与草木文化透着浪漫与清雅。

捡一颗，放进花包。

一株完整的植物包括根、茎、枝、叶、花、果实。在植物学中，无论是草本还是木本，其生殖过程的最终产物，都称作"果实"。

一片翠绿的草坪边，突兀着几棵奇特的大树，边上一块圆石上写：铁树王。

小依笑盈盈地说，"这棵铁树王，有800多年的历史了。在西双版纳，铁树偏偏会开花。其实，铁树开花真的很常见，说铁树难开花的人，太孤陋寡闻了，哈哈，至少，他不是西双版纳人，没有常识。热带就是这样呀，别说铁树开花，有个人出了一趟门，回家发现，顶门杠都发芽了，嘻嘻。以前我们的罗梭江上用竹子做浮桥，过几天就发现，连竹浮桥也会长叶呢。还有，要是铁树快死了，你去埋几颗铁钉在树根下，它就又活了，神奇吧！"

的确神奇。铁树让我想到蔡希陶，他就像是一棵能化掉铁钉的铁树。

"我们西双版纳热带植物园有三大任务：植物物种保存、科普教育、科学研究。所以你看，百花园的喷泉是三股，象征着这三大任务。"

我默记一遍：物种保存、科普教育、科学研究。

在这里，能见到很多各种肤色，与游客气质完全不同的人，多是科研人员，在实验样地上，拎着实验器材，带着一种质朴之美。可不，这里已然是学术科研的国际前沿基地了。

小依摘下一粒咖啡豆递给我，"我们植物园的咖啡，是从非洲引进的。"

小依很自豪，"我们植物园都是从种子到种子，从引进种子到种下种子，把一颗种子整个的一个生活史，都展现出来了。"

因为写作，常需要喝咖啡提神，我喜欢咖啡豆，胜过里尔克的散文、泰戈尔的诗。却从没有直接从树上摘过一粒。小依递给我的咖啡豆，一路留香。

一个小伙子爬上树，在往树上的果子上套袋子，显然是搞实验的研究生。他说，自己学的专业是植物，他向我们解释，"在热带雨林里面，为了避免大树树叶遮拦阳光，很多花、很多果，就直接长在树茎上，来获取阳光，这就是老茎开花，老茎结果。这是热带雨林特有的现象，是其他森林所没有的。"

走到一棵拴满彩色布条的大树前，小依说："是老百姓拴上去的，我们清理掉后，会又拴上去，因为这是一棵菩提树，老百姓总是到这棵树下祈福。"

这棵挺立的菩提树，因民众的膜拜而神化了。或许，在远古的时候，部落里，像小依一样的姑娘们，会把自己的树皮裙，挂到这棵古树枝上，任荒野的风吹拂。

"这是无忧花，相传，释迦牟尼就是在无忧花下诞生的。佛陀的一生都跟树有关系，出生在无忧树下，悟道在菩提树下，涅槃在娑罗树下，成佛的第一本经也是在树下讲的，涅槃后弟子集结也是在七叶树下，经文也写在树叶上。"

小依走在前面，鬓角戴着一朵花色深黄、有淡淡香味的花，我一问，她笑："是鸡蛋花。傣族姑娘清早看到什么花开了，就摘下来戴上，但有几种花经常戴，嗯，就是黄姜花、缅桂花、栀子花和茉莉花。"

"为什么傣家姑娘这么喜欢戴花呢？不仅仅是为了美丽吧。"

"对，不仅仅是为了美丽，还为了它的香气。我们小时候，女孩子都用淘米水洗头发，傣家姑娘的头发很长，淘米水洗完后，时间稍一长就会发酵，就会有味道，我们把头发盘起来后，戴上有香味的花，久而久之，戴花就成了习惯。何况，这几种常戴的花还是浴佛的植物，你听说过佛教里的植物有五树六花的说法吧。"

"五树六花？"

"佛经中规定，寺院里必须种五种树：菩提树、高榕、贝叶棕、槟榔、糖棕；六种花：莲花、文殊兰、黄姜花、鸡蛋花、缅桂花、地涌金莲。

"这些植物或因为花香，或因为独特的形态，在佛家人心里具有特殊的内涵。

"你看，菩提树，刚才说过，是因为释迦牟尼在菩提树下悟道，'菩提'就是'觉悟'的意思；高榕呢，果子结得又多又小，像无数红色小果，开成一座'空中花园'；贝叶棕呢，是佛教'贝叶经'的原料；槟榔树与椰子树，都是高干，非常挺拔；糖棕呢，用小刀在花序上一刻，会有像砂糖一样的汁液流出，它的叶片大如华盖，给人一片绿荫。

"六种花中的荷花表示着神圣、净洁。自北宋周敦颐写下《爱莲说》，它就成为'出淤泥而不染，濯清涟而不妖'的'君子之花'了；文殊兰，有花有叶，有一种特别的异香，所以用它敬佛，傣族人信佛，又喜欢戴花，就多戴这种文殊兰；它花叶并美，可以用来点缀草坪，装饰庭院；缅桂花就是白兰花，几十米外就能闻到它的香了，我经常摘下来放在家里；地涌金莲，常年开花，是文学作品里扬善惩恶的象征。"

我嗅着，努力想把种种独特的花香用文字表达出来。却发现，语言在某些领域有效，如"杜绝棚架""抓铁有痕"都掷地有声，但对于美妙的大自然而言，词穷变成了一件正常的事。

万千植物，不仅千百年来攀缘在《诗经》里，在佛教文化中也占极重要的位置。暗自思忖，有话说"天下风光僧多占"，佛寺庙宇多在名山大川风景绝佳处，看来，花树也是僧多占啊。

很少有人不喜欢花，但也很少有人观察过花的结构，何时开放，何时凋零，花粉与传粉，花与昆虫的互动。

我们太习惯于那些被一再描绘的花，它们已经形成了一个象征的、隐喻的意义系统，可面对那些无名野花，却找不到形容的词语，仿佛它们是没有填词的曲子。

此行发现了一些微妙的道理。为什么牡丹、芍药、月季、兰花，如此美艳，却只有淡淡的香，反之，像姜花、栀子花、桂花、茉莉，这些香气极盛的花，却都颜色清淡？那是因为，花的颜色和香味，跟传粉有着不可分割的联系。

花其实是植物的繁殖器官，主要目的在于繁殖。植物繁殖的方式是通过花朵的传粉，传粉是成熟花粉从雄蕊花药或小孢子囊中散出后，传送到雌蕊柱头或胚珠上的过程。植物本身不能动，大部分传粉是通过外力完成的。依据外力的传粉媒介，可分成风媒花、虫媒花。

风媒花，利用风力作为传粉媒介的花，如玉米和杨树的花，花小而不鲜艳，没有香味和蜜腺。但产生的花粉数量特别多，表面光滑，干燥而轻，能被风吹到相当的高度与距离相当远的地方。

虫媒花，靠昆虫如蜂类、蝶类、蛾类、蝇类等为媒介进行传粉。花的颜色是引导昆虫寻花的标志，虫媒花就用鲜艳的花冠、芳香的气味、香甜的花蜜，吸引昆虫采食花蜜时帮助传粉。

颜色鲜艳的牡丹、月季，容易吸引昆虫。在各类昆虫里，蜜蜂是传粉的主力军，蜜蜂的视觉只能辨别四种颜色，黄色、蓝绿色、蓝色和人看不见的紫外线色。而红色的花则是蝴蝶的专宠。白色的花，姜花、茉莉，显然在颜色上不占优势，所以只能靠散发浓郁的香味吸引昆虫，让虫们"慕香而来"。

香气对于一些在夜间才开的花更加重要，晚上开花不易被昆虫发现，香气就成了吸引昆虫的关键，比如夜来香就属于这种。

有些植物即使没有芳香油，也含一种配糖体，被酶分解时，会散发出香气。还有些花，比如蛇根马兜铃、板栗等，开花时，干脆有着难闻的臭气。因为，并不是香味才能吸引昆虫，臭味也可以吸引苍蝇等昆虫来传粉。世界上最大的花——生长在苏门答腊密林中的大王花，直径一米以上，花开时臭如烂鱼，借此吸引蝇类为它传粉。

归根结底，花的颜色和气味，都是为了更好地繁殖。一些鲜艳的花依靠美丽的外表，吸引昆虫帮助自己传粉，一些颜色清淡的花则被赐予了浓郁的香气。

昆虫传粉，花大而鲜艳；风传粉，花小而数目多。现在还有人工辅助授粉，就是为了预防阴雨天不能靠昆虫和风传粉而造成减产。

这让我不禁叹服"老天若为你关上一扇门，必将为你打开一扇窗"的说法。

有作品这样描述，"花就像是挂着霓虹灯广告牌的客店，吸引着固定的顾客群体，并向它们兜售花蜜，顾客们的付款方式就是搬运花粉"。还有些颇有争议的方式，植物也会用，比如，美洲马兜铃的花，喉部为什么长了很多倒刺？为了小虫子只能沿一个方向朝里爬，为里面的雌蕊传粉，要等到花凋谢以后，口打开了，昆虫才能爬出来，再为其他的花朵传粉，这是上百万年进化的精准结果。

沉浸在植物的天机与玄理里，这是文章的谋篇构架都不能达到的精致，让我自叹弗如。

小依说，"有花的地方就有蝴蝶，这些小动物，成虫后就可以繁殖了，是传播花粉的可爱小动物。

"这棵树叫多花脆兰，多花脆兰吸引不了昆虫，于是呢，就用雨水传粉，你想啊，雨水传粉，又不需要回报给雨水，所以呢，它既不必有香甜的花蜜，也不必把自己打扮得那么艳丽，它是兰花的一种。嗯，有的传粉也靠风。"

小依说："火龙果是在晚上开花的，到了夜间，会有昆虫来，它是蝙蝠授粉的，但也需要人工用刷子去刷。我家种火龙果，忙不过来时，几个姨会来帮我们在火龙果上刷粉，来增加它的授粉机会。"

她强调，"自然传粉有三种方式，雨，风，昆虫。"

自此，再看到什么花木，我会赶忙调动起那点关于传粉的知识，问，它的传粉者是什么？又自言自语，嗯，很可能是蝶类传粉。如果遭到反驳，怎么没看到蝴蝶的影子啊？又会自答，那就是些蝇类吧，或者蜂类。

在园子里的那个下午，我发现自己琢磨起一些从来不曾琢磨过的事情：是蜜蜂利用了花朵，还是花朵利用了蜜蜂？更可能是蜜蜂和花朵共同促成了进化：蜜蜂有了食物，花粉得到了传送，是互利的关系，是自然的伟大。

这时，树的枝丫上，跑过一只松鼠。

小依笑道："松鼠来吃树上的果子了。"

我目送毛茸茸的它，蹿入高枝的深绿中。

据说，蔡希陶从地上捡起一颗松果，就能告诉你它是从油松、白皮松还是落叶松上掉下来的。因为每种松果鳞片的排列顺序都不同，不同中又有相同，都遵循着《达·芬奇密码》中提到的那个黄金分割数列的递推规律。

又看到一棵漂亮的树，我马上把目光投给小依，一个名字就从她嘴里冒出来，"粉花山扁豆。它的臭味，是豆角发出的。"

"这是黑黄檀，"小依又接着介绍起了路过的其他植物，"黑黄檀是最重的木头，一般的木头都会漂在水上，但黑黄檀因为密度大，放到水里就沉底了。"

我便在心里失笑，万不可做独木舟。

"这种橡皮树，一般都栽在盆景里。"

是的，我在昆明机场验证过真假，在这里，橡皮树从盆子里跑了出来，种在大地上，撒着欢。

"这是一棵红皮铁树，长得特别慢，需要几十年。

"这一棵是非洲马铃果，一对一对地长叶，一对一对地结果，所以又叫它鸳鸯果。"

"桉树的叶子会香。"小依掐了一朵花，它是黄色的，散发的是芒果的甜香。

看到一株木灵芝，小依说："它已经木化了。"

她几乎是一位博物学家。

在棕榈园，我们走过王莲池旁边的王棕林，走进听雨阁。整个亭子是竹子搭起来的，蒲葵的叶子盖顶，周边的露兜、气生根，把一株株树体，抬离了地面。这情形让人诧异。希腊神话里的安泰，只有扎根大地，才能从大地母亲盖亚那里吸取力量，那么，这个脱离了大地的棕榈，还长得如此茂盛，它的力量是从哪里来的呢？

又看到刚才那只松鼠，在硕大的油棕树上吃着棕榈果。

"我们的标牌，都不允许钉进树身，只挂在树上，不然树该多疼呀。"小依怜惜地说。

三、进曼俄寨

夕阳下，穿过长着葱兰、凤尾竹的百花园，再走，就到了罗梭江边。江水沉缓地流过，一座吊桥横跨，那就是蔡老笔下的"罗梭如带绕"。

小依说："罗梭江水，半年清，半年浑，只要一下雨，水就浑了。因为水土流失。之所以水土流失，是因为两岸大面积种植了橡胶树。"

我心里权且存下一个外行人的疑问，橡胶树也是植物，也会扎根，为什么会导致水土流失？

过了吊桥，就是我们要去的寨子，曼俄。傣语中，"曼"是寨子，"俄"是芦苇的意思。我们希望能在这里，遇到几位当年见过蔡老的老人。

小依说："每个寨子都有一个寨心，在寨民心中，它就是寨子的守护神。没有了它，一个寨子的人会不团结，每个寨子会推选一个掌管寨心的人，他在寨里十分重要。曼俄的寨心，是一个被精心装饰过的小亭子。

"请寨心的时候，出门再远的人都会回来参加这个活动。比如你们家需要搬家呀，需要出门呀，都要前来寨心拜一拜，保你平安。寨心以前是用竹子做的，现在你看，用一些建筑材料装饰一下，更漂亮了。

"我们傣家没有太多禁忌，但每个寨子都有自己的龙山林。那个龙山林，是绝对不允许动的，蔡老为了留住我们的龙山林，曾到处去呼吁。"

不难感受到，植物园就像一艘破冰船，以科技的力量、文明的力量、带动着寨子的发展。否则，像小依这样漂亮的女孩就留不住了。

小依赞同，"是的。我们的园里，有40多名讲解员、导游，都会选一个自己喜欢的动物或植物作名字。我的名字就叫蝴蝶，有的导游叫月亮、萤火虫、茉莉花，都是以自然物命名。在园里挺好的，是一份很体面的工作，八点钟上班，三点钟下班，家里能兼顾到，所以有留在园里二十几年的导游，我也已经干了十七八年。要是出去打工的话，租房、交通，成本很高，而这份工作就在家门口。寨子里好多老一批的导游，是当初园里进到寨子里来挑选的，挑那些好看的、汉语说得好的、思想开明的。村民们也在园里干保安、干临时工，植物园解决了当地的很多就业……"

一个穿花衣的老太太，正在路边经营着她的小商店。小依翻译她的话，她说以前见蔡波涛总是在寨子里转，知道他是园长，他会跟孩子们用傣语聊天。老太太还记得，她跟着大队人马，去埋葬了蔡老的骨灰。

小依点着头说，"'波涛'是傣族人对年长男性的尊称，我爷爷也见过蔡老，还见过空军部队派来接病危的蔡老的直升机。"

过来一位大爷插话了："我知道，他是来改良水稻的，因为我们的水稻不够吃，产量不高。蔡波涛一来，我们就会去给他站岗。"

"为什么要站岗？"我问。

"怕别的寨子把他给弄走了。"大爷回答。

小依解释说，"这里很少来科学家，所以就非常珍稀，怕别的寨子里的人把他抢走了，要让他好好在这里做科研，因为他是来帮我们种水稻的。"

老人用手指了指，说，"他就住在合作社的一间房子里，那里有一个研究人员，蔡波涛经常来找这个人，村民就自发地去保护他。"

"你也去站过岗吗？"我又问。

他一笑，满嘴的豁牙。"我晚上去给蔡波涛站岗，站到九十点钟。"他说。老人家叫波万龙，81 岁了。

傣语有古谚："毫丁岱，来丁吞"，即粮满仓，畜满楼；"亥丁曼，纳丁勐"，即地满寨子，田满坝子。作为世界上最早驯化栽培水稻的民族之一，水稻养活了傣家人。

我追问，"现在呢？"

"现在很少种水稻了，都买大米吃，用手机点一点，就送货上门了。"大爷说。这应该是蔡老想不到的。

西双版纳傣族自治州老州长的一篇文章，说明了水稻种植这件事情的时代背景：20世纪60年代初期，西双版纳的粮食生产有较大的困难，传统的水稻生产都是种一季中稻。为了提高复种指数，蔡老一方面在植物园中组织科技人员搞小春作物试验，另一方面亲自带领科技人员到勐仑的傣族村寨蹲点，搞双季早稻试验。终于在1965年，帮助农民试验出了适合本地早稻生产的"白壳矮"等优良品种……后来蔡希陶教授又了解到，在西双版纳海拔较高的一些地区，种一季中稻光热有余，而种双季稻则不足。他便组织科技人员在植物园中进行再生稻的研究。就在1981年3月9日他离开人世前不久，重病中的蔡希陶还向省政府写下了《推广双季稻栽培，发掘水稻潜力，增加水稻产量的建议》。

据蔡老的老同事许再富回忆：20世纪60年代初，全国很多地区掀起学习"样板山"和"样板田"的热潮，科技人员纷纷走出科研园地，送科技知识到农村山寨。西双版纳植物园的样板田，定在勐仑的曼俄傣族村寨，推广种植"白壳矮""双季稻"。

曼俄村委会的竹楼里，挤满了村民，有作为一家之主来开会的，有抱着孩子来看热闹的。

蔡老见村里人来得差不多了，脱口说了一句刚学会的傣语："兄兄弟弟，相互关心吃住。"人们惊奇地望着这位年过半百的老汉。

"我们植物园特别成立了一个科技小组，来协助大伙推广双季稻种植，年底一定会让大伙都增产！"蔡老说。

村民们议论开了。

"又是来推广技术的？"

"上次县农业局不是来过一个姓马的技术员，搞来搞去，最后还不是没搞成。"

"该不会又是'老马经验'吧？"

望着村民们怀疑的眼光，蔡老说："我们科技小组成员都是学农的，有实干经验。我们还特别请来了元江的双季稻农学家，技术上没问题！我们需要大伙的配合。"

村委会后，蔡老和科技小组一起，开始长期蹲点曼俄。通过试验，先让内部科技小组掌握技术，再不断向其他村民传授双季稻种植技术。

我们还帮助生产队建设了一个小型的水轮泵发电站，结束了村民们无电的昏暗生活；为他们安装了碾米机，减轻了傣族女人每日清晨手工舂米的辛劳。渐渐地，橡胶树、茶树、柚子树，在曼俄的田地里扎根了。曼俄村民尝到了甜头，其他村也开始主动要求推广，科技小组的队伍越来越大、任务越来越多。

　　曼俄寨里的傣族农民都还记得，蔡老蹲点时，下田帮他们插秧，帮他们建立水力泵发电站。他们感激在心。直到某一天，曼俄的老乡们眼望着接走蔡老的直升机轰鸣而去，久久不散。

　　在蔡希陶眼里，所谓土地，它不同于地块。它还包括土地上的植物、动物，以及维持着它们的土壤、水分和依靠这些资源过生活的百姓；所谓植物，是一定要先让百姓果腹的。越是伟大，越是卓越，越是与奇迹无关。蔡老正是由于为群众干了实事而让自己满足、愉悦。

　　走着，聊着，到了一户人家，一个傣家壮汉正在手工作坊里打制刀具。小依说，"你看，我们傣家，都是这种干栏住房，这个石阶，是用来防潮的，也用来抗震，就好像气根，把树给抬起来了一样。"

　　这个敞篷的手工作坊里，所有由木头做支撑的柱子，都是方形的。

　　不等我发问，小依手扶支柱说："做支柱的木头，都是方的，不是圆的，这样呢，就不容易缠蛇。"

　　蓦地，我缩回了手。

　　小依笑道，"无论你走进哪个寨子，都会看到傣家竹楼。要是谁家的竹楼需要翻修了，就会搬去邻居家里，住上一个月。"

　　小胡惊叹，"这样淳朴！"

　　"你看，我们傣家竹楼，分两层，设有楼梯，以前的竹楼有两个梯子，男人不走女人的梯子，女人不走男人的梯子，房里按老、中、青的顺序来住，上层用来居住，下层架空，用来堆放杂物、圈养家畜，在热带多雨地区，这样可以除湿、防水患、防狼虫。"

傣族创世诗史《巴塔麻嘎捧尚罗》里，讲述了竹楼的前世今生：一代一代繁衍后，岩洞住不下了，先民们风餐露宿，死伤无数。于是首领桑木底决心建造新的住所。宽大的树叶启发了他，然而叶棚经不起风雨；狗的坐姿启发了他，但倾斜的窝棚不能遮蔽斜刮的雨。后来天神变成凤凰，飞到桑木底面前，高高托起两脚，暗示要立房柱；展开双翅，示意屋顶成人字形；低头拖尾，表示要遮盖人字形屋顶的两侧。终于，他造出了"凤凰展翅"式的竹楼。

"我们会在寨子的四周种上铁刀木，作为柴火，因为这种树被刀砍了又发，越砍越发，又叫挨刀树。嗬，这才叫可持续发展嘛。"

她叹息一声，"铁刀木本来是一种环保的再生资源，前几年因为橡胶价格高，就把铁刀木砍了种橡胶树，导致现在水土流失。蔡老天上有知，会非常伤心的。"

来到一棵大榕树下。小依说，"小时候被大人调教，树大了就有神灵，不可以去爬高山榕，不可以去踩大青树的根。尤其是那种独木成林的大树，连小男孩也不敢去那里撒尿，家里不让，说是会亵渎了神灵。"

向前走，看见一片柚子树林里，结满了比拳头大、比足球小的柚子，在树上招摇着，才叫一个硕果累累。

小依说："我们这里还有选美呢，选美小姐就叫柚子小姐。"

"那你当初一定是柚子小姐！"我说。

"我过了年龄，要18岁到24岁。"小依回应，"你看，我们头顶香蕉，脚踩菠萝，摔一跤，抓一把花生，压倒三棵药草，哈哈哈，蔡老就是这么说的。我们家前前后后都种水果，火龙果呀，还有串串的槟榔青，苦茄，以及野甜菜。"

她顺手一摘说，"这叫小桐子，如果脚上有了伤，这个可以用来杀菌消炎，蔡老说过，这里遍地都是药材。"

她所说的小桐子，又叫小油桐、麻疯树、膏桐，是大戟科多年生小乔木，适于坡地种植，特点是不与人争粮、不与粮争地、不与地争肥，它的油脂适合生产生物柴油，是最有发展潜力的能源植物之一，蔡老对它做过研究。

让人惊讶的是，小依一折树叶，竟然吹出一串串泡泡，"它是我们小时候的生态玩具。我们小的时候，都玩自然界里的东西，把花骨朵穿起来做项链，用阔叶的叶片做成裙子，比赛谁的裙子做得漂亮，哈哈。"

我学着小依，把叶子一折，却不能像她那样能吹出一串串泡泡来。

小胡兴致勃勃地效法，也吹出一串串泡泡。边走边吹，就来到了小依家里。大家停下来歇歇脚，喝喝茶。

她为我们端上了茶色为金色的金裸棘，放在厚实的茶几上。茶几有15厘米厚，三米长，一个大板茶几，像雨林里的大板根。她说，这种茶几每户人家都有，但不知道是什么木头。

我们边喝边聊家常，小依说："以前我弟弟在家里割橡胶，喝了酒就会闹脾气，现在成家了，弟弟住在女方家，妈妈就放心了。我自己将来也要去陕西，那是我老公的家乡。在我们傣家上门女婿并不会受到歧视，我爸爸就是上门女婿，我弟弟也是上门女婿，没什么呀！我妈妈曾经还是寨花。"

"在我看来，你也是寨花呀！"我说。

她一笑，起身续水，我转而发现了她身上傣族服装的特色，猜道："为什么傣族人都穿长筒裙，难道，是为了防蚊虫吗？"

小依扑哧笑了："你说对了。"

"民族服装是我们去寨子、去寺庙的时候穿的。你发现没，傣族服装，很挑身材的，所以傣家女人，都需要减肥。"

我诧异道，"哪里呀，我在街道上、市场上，见到那些上了年龄的、卖山货的农妇，个个都是少女般的腰身，有一位从地摊上站起来用手指梳头的农妇，我一看，简直是舞蹈家的身姿，这是为什么呢？"

"我们祖祖辈辈都在大山里，成天爬坡上坎的，所以一般都苗条。"

小依带我们穿过一条集市。后来，在植物园的那些天，我总在傍晚时分，穿过吊桥，来到小寨，在这个市场买一兜热带水果，香蕉、菠萝、芒果、酸梅、酸角、柚子、阳桃、牛心果、火龙果、椰子、西番莲、波罗蜜……你可以把这些水果的名字当《诗经》来读。我发现，但凡热带水果，都有一种成熟的果实芬芳，生津止渴，让潮热中的人清心醒脑。

我们在小吃一条街，找了家矮桌矮凳的傣家饭店吃饭。

上来一道香茅草烤丽鱼科罗非鱼、一盘豆科臭菜炒鸡蛋、一碗茄科少花龙葵（苦凉菜）汤。

小依说，"香茅草是用来烧鱼、烤鸡的。"

我在笔记本里夹了一叶香茅草，在西双版纳的几天里，总会闻到它那特殊的芳香。

米饭，是用芭蕉叶包起来烧的；菜，用芭蕉叶当托盘，都带着一股清香。

小依说，"傣家人傍水而居，与水相依，就从水中取食材，也特别会加工这些水中食材。香茅草烤鱼、腌酸鱼，许多游客吃过一次就会念念不忘，梦回西双版纳呢。

"这个是臭菜煎鸡蛋，被称为傣族的比萨，来，尝一尝。

"这个蕨菜，是不打农药的。

"这是芭蕉花做的汤。

"这是香葱和香菜。香葱、香菜是当作料用的，我们用来炒牛肉。

"我们有食花的习俗，那种猫尾木花，用开水焯后，加豆豉炒，猫尾木花就成了一盘佳肴，清香淡苦，清凉解毒，三朵五朵，就炒成一盘，不像火烧花、虾子花、多花山壳骨、云南石梓，捡半天，不足一碟。

"猫尾木幼嫩的果荚，更是一道馋人的好菜。采摘下来，刮尽外层绒毛，就可生吃，稍加蒸煮，蘸些番茄酱，别有风味！"

我初次接触傣家的食花文化，真是让人着迷，需要慢慢品味。

小依介绍道，"这种花我们会蘸着辣椒面吃，也可以凉拌芒果。"

"芒果！凉拌？"我惊讶极了。

"凡是热带，都少不了芒果的味道。因为芒果很酸，所以拌上酱油吃，或者再拌点蚝油，再撒点盐，哈哈，其实很多水果成熟以前都是酸的，都可以这么吃呀。还有一种植物叫羊蹄甲……"

傣家人早早就把身边的植物开发成美味，他们的祖先试吃过无数植物的花、果、叶、嫩茎、地下茎和根。

小依说："我们很容易获取到多样的食材，我每天都早起逛菜市场，早市上光辣椒就有十几种，蘑菇也有十几种。像鸭儿芹、紫苏、香椿、藿香、辣木、多香果叶、香茅都能在早市上找到。有一种果，吃完它再吃酸的东西，都会变成甜味，故称之为神秘果，它只有花生米大小。"

这给了我一点启示，蔡希陶一定也吃过这样的神秘果，所以能把在西双版纳热带植物园里艰难的开拓变成了甜蜜的使命。

"我们小时候会去河边洗澡，洗衣服，在河里泡笋。有一种竹笋，你把它泡在河水里三五天，就可以吃了。"

小依总结起来，"我们吃竹筒饭，住竹楼，坐竹凳，衣食住行，都源于热带雨林……过泼水节的时候，吃年糕，就代表又长了一岁。那个时候就像汉族人过春节，我们会穿新衣，会吃肉，会戴花，会做一些喜庆的事情。我们傣家没有吃肉的禁忌，能抓来的都敢吃，这个季节吃虫，吃蜥蜴，吃蚂蚁，吃知了，什么都吃，会动的都是肉，绿色的都是菜，花果都是美味！"

"你知道我们傣家香发公主嫡捧欢的故事吗？它就发生在勐仑。"小依唱了起来。

太阳回去了，

带着晚霞一起回去了。

月亮出来了，

领着星星一起出来了。

听吧！

静悄悄的傣家寨子，

默默流淌的罗梭江。

听吧！

傣家小伙一样挺拔健壮的椰子树，

傣家姑娘一样窈窕秀美的槟榔树，

还有庙后面那枝叶繁茂的菩提树，

还有竹楼旁那婀娜多姿的凤尾竹……

　　听着小依银铃般的歌声，我觉出了这个民族水样的特性。澜沧江流经西双版纳，流出国门后，叫湄公河。这条国际河流一路南下，该流域的人们共饮一江水，人们出生、结婚、葬礼，这些人生的关口，都以水洗礼，以水祝福，以水祭奠。

　　这里有近水的竹楼，装饰的水井，稻作生产的水利工程，祈福迎祥、去污求洁的泼水节……傣家人善用水，也被塑造成了水样的秉性，温文尔雅，包容，温和。

四、雨林生态

"植物园最具特色的地方，是热带雨林。"小依说。

热带雨林在我的心里，美丽又危险，迷人而复杂，是世界上最具野性的地方之一，适合勇士组建探险队，去探访体验。

每人撑一把大伞，走进雨林。我对雨林的认识，就先从雨开始了。

小依依然温言细语，有一搭没一搭地，遇到什么就说着什么，"雨林就是一个天然的大氧吧，雾气，是用来给热带雨林保湿的，12 月和 1 月，是西双版纳最凉爽的两个月。热带有几个标志，第一，老茎开花；第二，独树成林；第三，多层的植物群落结构……"

我仿佛听不见小依的话了。雨林，被雨的声音统帅着。起初是小雨，一入雨林，被万千叶子伸开手掌接着，拍着，欢迎着，众多的声音喧嚣着，鼓噪着，放大成一曲激烈的雨林交响曲，又仿佛一场各抒己见的大会。

沿着窄窄的石阶走，那些从未见过的奇花异树，与我一一擦肩："见血封喉"的箭毒木，最古老的蕨类植物，白垩纪时期便统治地球的桫椤，盘踞着的巨大板根，制高点的望天树，自成一统的"独木成林"……

虽说，世界上没有两片相同的树叶，但雨林中所有的叶子都进行着同样的光合作用，所有的叶子都被洗濯得闪着绿光。

大片的野生芭蕉，叶子可架屋、可支棚，是野外考察时最好的雨伞。蔡老一定也在这热带的宝物下躲过雨吧。

站在石阶上，我带着好奇和小依刚讲过的关于雨林的知识，打量热带雨林。

以前以为沙漠才是贫瘠的，现在才知道，热带雨林中土壤和岩石风化强烈，这类土壤里的一些矿物质会因淋溶和侵蚀而流失。在高温高湿的条件下，有机物分解得很快，会迅速被饥饿的树根和真菌吸收，所以，这里的土壤并不肥沃。

热带雨林里通常有三到五层植被，上层有高过 30 米的乔木，都是常绿树、落叶阔叶树，像望天树那样，树皮色浅，薄而光滑；树下，是低矮的阴生植物，木质大藤本缠绕在附生的树干上，老干上长出花枝。那些寄生性的植物，以其他的树木作支撑，都是一副你支着我、我撑着你的状态；林下有木本蕨类和大叶草本、小乔木、藤本植物、附生植物如兰科、凤梨科。蕨类植物叶面上的附生植物十分发达，有苔藓、地衣，树基常有板状根，地表则被树枝、落叶覆盖……它们就这样上上下下、高高低低、攀攀缘缘、拉拉扯扯，错落出热带雨林的层次。这就是雨林中的次冠层植物。下面几层植被的密度，取决于阳光穿透上层树木的程度，照进的阳光越多，密度就越大。

想起哥伦比亚作家里维拉写的《"地球之肺"——热带雨林的秘密》里的句子：

> 是什么恶毒的命运
> 把我囚禁在你苍翠的牢狱之中
> 你繁茂枝叶搭成的天幕
> 像一个无垠的穹窿
> 老是笼罩在我的头上
> 把我的希望和晴朗的天空隔离开来
> 只是在你临到苦痛的晨昏，你战栗的树顶起伏波动时
> 我才隐约瞥见天空一眼啊……

小依的话打断了我的思绪，"这是见血封喉树，我们在博物馆看到的那件白色的树皮衣服，就是用见血封喉树的树皮做成的。传说，如果它的毒汁进入你的伤口，上坡走七步、下坡走八步就没命了，所谓七上八下九倒地。没关系，你可以来摸一摸，只要你手上没有伤口。

"这是世界第三高的望天树，是和蔡老有故事的树种，那些树身上挂红牌的，是国家级保护树种。"

榕树上，挂着一些滴管，我猜，这是在做"树木汁液流动实验"吧。

一棵巨大的高山榕与斜叶榕相伴着，周身被藤蔓缠绕，似游龙盘旋在身上。还有一棵榕树在"绞杀"一棵油棕，团团地把它包围了起来。

"这就是'独木成林'，是热带雨林中的一种'绞杀现象'。你看，这么粗的气根，把榕树的主干给缠住了，在地上扎根、生长，形成了一片网状的树林，王莲池旁边就有'独树成林'的景观，它就像一条巨大的恐龙。这样一来，养分就不能运输了，里面的树会因负担过重死掉，这种很奇特的现象，就叫树包石。"小依说。

"绞杀榕"让人心里一惊。

小依说，榕树不容人，会把石头都包掉，把房子都包掉，所以，傣家人不在榕树周围盖竹楼。榕树的根系太发达了，极具侵略性。榕树的种子需要从小动物体内排出，种子才能发芽，自然落地的种子，很少发芽。

每年二三月，榕树的果实成熟了，成群的鸟飞上枝头，鸟粪里未消化的种子，被风吹到其他的树枝上。种子发芽，长出条条气生根，像一条条蟒蛇，纠缠在一起，蛮横地爬上枝头，在树木间乱窜，构成纵横交错的千百个洞窟、拱顶、拱门，架起一座座花桥，利于储存尘泥雨水，最终又成为各种喜阴物种的"寄主"，创造了一座欣欣向荣的"空中花园"，自得地宣告：

我赢了。

被它所绞杀的树已经中空，到最后，都不知道被绞杀的那棵是什么树。这就是植物界的弱肉强食。藤本实施绞杀的生存逻辑是，先寄人篱下，低三下四，后出人头地，仿佛是一个恩将仇报的故事，但事情总有光辉的一面。你静心去听，当风从高空吹下来，摇动这棵高大的雪松，高枝上，所有构建起来的空中楼阁，以及在空中楼阁里栖息的万千鸟儿，都飘摇浮动起来，噪呱起来，于是，这活动的空中楼阁里，便发出了千种叹息，万种声乐，是地上的奇景名胜无法比拟的奇观。

小依说："热带雨林有很多特有的现象，如大树有板根。那时候，有老乡砍了大板根来做车轮，蔡老心疼得要死。这是露兜树，还有这样从空中垂下的柱状的气根。这些都是热带雨林才有的特色。"

"我发现，热带植物的根都不需要扎得很深，是不是几十厘米就可以了？"我问。

"根也需要呼吸呀，它的根裸露在地面上，呼吸就顺畅了。是的，根是很浅，风一吹就容易倒。"小依说。

不像胡杨好辛苦，要深扎十几米的根系，才能获取水分。我想起了家乡的胡杨。

总感觉浅根有些头重脚轻的。雨林中的树林多为双子叶植物，叶子厚、根系浅，只有几厘米深。你可以想象一阵子狂风暴雨之后，这里的狼藉。

小依笑道:"大板根呀,靠它就解决了这种树头重脚轻的问题,大板像一个结实的三脚架,把树身给撑了起来。"

在热带雨林中穿行,明白了热带雨林的定义:在热带潮湿地区分布的,一种由高大常绿树种组成的森林类型,优势种不明显,结构复杂,层外植物丰富,常具板状根、支柱根、气根、老茎生花的现象。能反映西双版纳热带雨林生态环境特色的,以大板根、"绞杀榕"、独树成林景观、望天树、番龙眼为主。各种各样的藤本植物、附生植物,反映出热带雨林是地球陆地上生物多样性最丰富的生态系统。

在绿石林的石灰岩上,长着一棵高二十多米的劲直榕,粗壮的气生根从空中倾泻而下,扎在石缝中,犹如飞瀑,高出整片森林,与邻近的一株轻摇碧扇的棕榈,呼应着比美。

我们在林中,以先民的姿态尝百草,尝了林中的苦藤,它是有微毒的。

小依说:"傣家把所有治病的东西都叫解药,我们小时候就吃解药。"是的,听说傣家人最善于解毒了。

"雨林中就是会有这样的大藤本,悬挂在高低树木之间,它的根是网状的,占领了大片的地面,一根藤,便足有200米,能横跨罗梭江了,所以,它也被称为'过江龙'。

"板蓝根可以染布,可以扎染,不过染出的颜色只有一种,藏青色。

"这就是美登木,这是牛肋骨树,这是猫尾木。

　　"这些是阴生植物。所谓阴生植物，就是见不到阳光的植物，巨大的叶子，阻挡了阳光，所以叶子下的其他植物，就成了阴生植物。"

　　路过一棵长满树瘤的大树，小胡过去打趣道："它具有疤痕体质。"

　　小依见怪不怪，说："它的疤痕可值钱呢，树瘤可以用来做工艺品，比树本身还值钱呢。"

　　小胡坚定地拍了它一下说："挺住！"因为，它的旁边就长着一株榕树，可以预见，用不了多久，它就会被绞杀到中空，中空之后，不落痕迹。

　　一个问题萦绕着我，我国为什么只有西双版纳才有热带雨林？

　　答案好找，可以在网上搜到：勐腊地区幸免于第四纪冰川袭击，保存下古生代和中生代繁盛的蕨类植物、裸子植物，于是我们今天才可以欣赏到一亿年前的植物化石，原生状态的龙树板根、独木成林、老茎生花、植物绞杀等奇观异景……

　　但若想真正感受雨林，却需要你扎实地来一趟。

　　"榕树老茎开花、老茎结果，这些都是热带雨林的特有景色，它的果实深红，但榕树是蚂蚁的世界，若非勇士，不敢爬树摘果。"小依说。

　　"啊，就是我在机场看到的成箱出售的蚂蚁？"我问。

　　"是的，"小依说她有密集恐惧症，完全不能看到蚂蚁密集地堆积在一起，会忍不住上前把它们拨开。

当小依提到这个症状时，我很是会意，她这样的人根本不能在密集的楼群里生活，她天生就属于大自然。

先前看到一则小散文，一位女士见橱窗里的花束非常拥挤，进到店里，把花束重新摆弄好。店主问，您是要买花吗？她说，不，我只是受不了它们拥挤在一起。这是一种让万物安适的心态。

小依继续介绍，"这是篦齿苏铁，篦齿苏铁开得像是孔雀抱蛋，抱的那个蛋呢，煮熟了可以吃。

"这是黑檀木，黑檀木是重木，黑檀木只有在赤道两侧才有。

"这是油瓜子。

"看，棕榈树一生只开一次花。

"这是鬼脸菩提，它是象鼻棕的种子，可以用来做工艺品，你看，是不是很像鬼脸？

"这是西双版纳的兰花螳螂，长得像兰花花瓣，神奇得好像神灵在操纵一样，真是进化的奥妙。"

拥有当地丰富的生产生活经验，是造就一个博物学家的基础。我慢慢体会到蔡老找到目标的那种惊喜，他会说，呀，这就是它！

这种感受生命的过程，非常美妙。可以不发表论文，但要去感受、去体验，蔡老花费一生中大量的时间，去与大自然密切接触，他对世界宏观、整体的把握和感知，是不可能靠学位取得的。

雨林里，飞羽们翻飞在林冠层，灰岩鹠鹛，亲昵地打理着羽毛。蛾子用它黑瞳白仁的眼睛，斜眼看去，这种很是诡异的眼神让人惊悚。看，树上挂着一颗会飞的芒果，不对，是只蛾子。哎呀，发现一只壁虎，看不见我，看不见我，看不见。咦，咒语失灵了，它看见我啦。蜻蜓，带着浅绿色的线条，在空中飞，像一个高高的精灵，与盛开的蔷薇相呼应。鸟按自己的方式鸣叫。雨水，想怎么流就怎么流。草木保持着本真的样子，蝴蝶的图案已经很美，不需要修改。小山斜躺，比我的姿势更率性。满山花朵，都在我来之时，盛开了。

余光看见一只壁虎在蹿，忙去追随。

小依笑道，"傣族人会模仿壁虎叫的声音，知道它在说，下吧，下吧，下吧，下吧，是在祈雨，它叫的时间长了，果然就会下雨。我家冰箱后面就有一只壁虎。"

"啊，万一跑到床上……"小胡叫到。

"小的时候，老人都不让孩子去招惹它。老人说，要是被大壁虎咬到了，只要不打雷它是不松口的，这样来吓唬小孩，我平时也有点怕。但知道它是无害的，不妨碍人的生活，有它在，就没有蚊虫了。"小依说。

据说，亚马孙热带雨林中青蛙的种类繁多，很多都是色彩斑斓，仿佛有"文身一般"。这些"文身"，或美丽夺目，或恐怖骇人。我不由地想，这些多彩的"文身"，在物种的进化过程中是如何形成的？斑马的黑白斑纹，小丑鱼橘红和白色相间的环带，蝴蝶色彩斑斓的翅膀，动物身上这么多样的彩色图案，它的进化机制是怎样的？树叶纹理形成的原理是什么？它遵循着一个什么样的机理？也许，只有从基因上去了解，才能够找到真正的"文身师"。

"你知道红叶现象吗？新长出来的一棵树上的叶子是红色的，为什么呢？因为新叶子还很娇嫩，要用红色来防晒，避免自己受到过强紫外线的伤害。"小依说。

让我印象深刻的还有滴水叶尖。热带雨林中，林下植物的叶子，一般都有滴水叶尖，它是用来排水的。我从没见过这么长的滴水叶尖。感慨，热带雨林里的叶子，需要进化出长长的滴水叶尖，而沙漠植物，则需要把阔叶逼成针叶，来储存水分。

小依说："在野外欣赏这种珍稀的野花，不要采挖，挖走也栽不活，人工无法模拟它生长的环境。要学会在原生地欣赏动物、植物、岩石。何况现在有了数码摄影，也不需要采标本了。"

看来，热带雨林最大的经济价值之一便是旅游业。旅游业是一个最有希望保存热带雨林的产业。我体味着，拍摄着，每次按动快门，就仿佛体验了一次扣动猎枪扳机的那种快感，却什么也不会伤害。

小依笑谈，"当初植物园里来人，在寨子里招收导游。他们有相机，那时候相机特别吸引女孩，我们就特别愿意往园子里跑。"

"雨林修女"玛格列特·梅，79 岁时还手执电筒，身配一只左轮手枪,潜入亚马孙雨林,只为给夜间开花的雨林植物拍照——一种百足柱属的雨林昙花,它的生命只有 24 小时。她在幽暗无光的雨林里等待着。土著向导问:"女士,你需要我睡在你旁边吗?"她说:"回你的小屋睡觉吧,我能和美洲豹睡在一起。"是她让那些不敢只身配枪闯雨林的人,目睹到这个星球上奇妙的植物。她多次呼吁大家关注亚马孙雨林的毁林问题,是一个坚定的亚马孙森林保护者。她 80 岁的一生,有 30 年是在亚马孙雨林度过的,在她出车祸去世的那一年,还在计划又一次雨林行。

世界上总是有着一些相似的灵魂,就像"雨林修女"和蔡老这样的灵魂,总是为了挚爱的事物,百折不回。

小依的讲述在耳边,"这是马缨丹,碰了会臭。

"知道吗,榕树与榕小蜂协同进化。

"这是酸角树,这是芒果树。

"佛教协会会长赵朴初来这里视察,走的时候忘了拐杖,让司机再来取的时候,拐杖已经发芽了,哈哈,就留下了一个拐杖的故事。

"这是山红树,与海边的红树有相同的渊源。证明了这里曾经也是海边。"

一个问题从心里升起,为什么说雨林是地球之肺?

世界上的热带雨林以赤道为中心呈带状分布,向南、北各延伸至回归线,被赤道分割为不相等的两部分。

地球之肺,是科学家们对热带雨林打的比喻。通过光合作用，叶片众多的热带雨林消耗了大量二氧化碳，释放了大量氧气，在维持地球空气的平衡上发挥了重要作用。

我以最大的肺活量，来应对这片地球之肺。

你可以在网上搜索到这样一些基础的知识点：热带雨林分布在南美、亚洲、非洲的丛林地区，如亚马孙平原和西双版纳。西双版纳是地球北回归线沙漠带上唯一的绿洲，地球上少有的动植物基因库，比起海南三亚的热带海滨特色，西双版纳是热带雨林景观，是国内避寒旅游的热门城市，常夏无冬，一雨成秋。雨林的年平均降水量，超过每年的蒸发量，对于习惯了干燥的北方人来说，这个数据让我觉得好幸福，尽管我知道，雨林中的雨水因叶面蒸腾，会丢失很多。据说，雨林是无边的暗夜，在最茂盛的地方，99% 的阳光被高处的植被挡住了，遮挡阳光，是雨林一个重要的作用，所以它能调节地球的温度。

雨林里有着茂密的树木，它们在进行光合作用时，吸收二氧化碳，释放氧气，就像一个大型"空气净化机"，所以有"地球之肺"的美名。还有，热带雨林里面，水汽丰沛，蒸发后，凝结成云，再降雨，成为地球水循环的重要一环。

除了知识点，你在网上搜索不到的是，鸟儿发出的啼啭，山涧溪水发出的声响，还有雨中，螃蟹不断出没，跟着螃蟹的有蜗牛，跟着蜗牛的有马陆。马陆，一种丑陋的动物，以前，也叫千足虫……

麒麟叶，一种喜阴的攀缘植物，爬得虽高，但不会到达树冠顶缘。最奇怪的是它的叶片上布满不规则的穿孔，引得人不由得揣测造物的深意。

千年健，把它近于肉质的绿叶，贴附在大树的茎干上，这种附生植物，完全靠雨林的滴水和空气中的湿度生活。

虎头兰的花大如拳，黄底褐斑，状如虎头，花序倒挂，如果不是在热带雨林中亲眼所见，谁知道还有如此有序的空中花园？

菩提树的叶片有延长的滴水叶尖，茎干上披挂着发达的气生根，基部有板状根。相传，释迦牟尼在这种树下讲经。

在热带雨林看到的植物还有海芋，叶像一把大伞，巨大，这让见惯了针叶的我瞠目。

在雨林的每一刻，都不断刷新着我的认知。第一次来热带，我完全是应接不暇，这，就是生物多样性之美！

走完三公里湿漉漉的石阶，到达了绿石林。因为它的上面有森林，下面是石头，石头上长满青苔，所以被称为绿石林。中国人总是喜欢登高望远，这边是生机勃勃的雨林，对岸则不然，是大片沸腾的橡胶林。

终于可以停下来休息一会了。休息时，身旁的植物用淡淡的苦香抚慰我。

从早晨到下午，雨一直都在下，雨水伴我们走遍一座座小山，衣袖连带着灵魂，均被淋湿，均被染绿。

细雨里，什么都很柔软。风，在荒草里游动，花，吐着粉红的蛇信。即便没有名字，每只喜鹊，照样飞得很好。

来到雨中的望江亭。看到江对岸，种着大片的橡胶林。"那边是哈尼族人的聚居地，他们信奉万物有灵，那也是一种原始宗教。我们两个民族友好相处，通婚也很平常。歌曲《让我们听懂你的语言》就是讲人与人之间要相互了解，保持友好关系的。"小依说。

受这一歌名的触动，我笑了,说:"你做了十几年的科普导游，认识周边的这些植物，它们也都认识你啊。"

我喜欢跟一个了解植物的人一起散步，听一个个香草牵衣的名字从她嘴里一串串地冒出来，就像她在寨子里，随手把小桐子叶一折，就吹出了一串串泡泡。

一路上，我打开所有的内在感官与外在感官，和云、和草、和花、和气味、和鸟、和虫，分享着自由，和这一切息息相通。这种情感，是我的至福。

这片热带雨林太大，雨林里的植物类型太多，在这里我找到了大自然的多样性之美。对大自然的爱，落到了一花一树，一草一木之上。

大树、灌木丛、鸟类，共同组成了雨林完美的生态系统。森林为灌木丛遮挡住阳光，提供阴润潮湿的环境，灌木丛为小鸟提供栖息地，小鸟为森林中许许多多的树木消灭虫害……

在大自然的生态圈里，生命是一首优美完整的圆舞曲，天地若无情，不生一切物。一切物无情，不能环相生。

五、黑白"西园谱"

脚下这种草坪，非常耐踩，蹲下去仔细观察，发现它不是平常见惯的用于绿化的草皮，而是一种阔叶草。

"它叫两耳草，也叫兔耳草。"小依说。

我喜欢一棵小草的生长，服从着不变的规律，不受人类逻辑的约束，只遵守天道。

踩着它，去往"西园谱"陈列馆。我想，会在这里看见一些蔡老与战友们早期开拓时的黑白照片吧。尽管隔着几十年光景，我已经能从任何一张集体照中，一眼认出他来，认出那顶鸭舌帽，那副眼镜，那种心无杂念的笑。

作家黄宗英在纪念徐迟的文章中讲到一个细节：1978年春天，徐迟的报告文学《哥德巴赫猜想》掀起"五四"以来又一次盛迎"赛先生"的热潮。在全国科学大会上，徐迟、黄宗英等六名作家组成特邀记者小组。黄宗英与徐迟说起自己的苦恼："你们都是大学毕业的，可我的知识实在太差了。"徐迟告诉她：

"你写的是人哪！你必须爱上你的主人公！"徐迟讲起数学家陈景润，讲起树碰"我"，还是"我"碰树，讲得大家都醉了。一个大停顿后，徐迟展开双臂大声地说："我想说，陈—景—润—我—爱—你—"这，就是徐迟的写作秘诀：爱上笔下的人物。

那次大会上，徐迟选择的人物是蔡希陶，蔡希陶在昆明接受了他的采访，那时的蔡希陶，身体已大不如前。徐迟写下的是报告文学《生命之树常绿》，刊于 1978 年 4 月 16 日的《光明日报》。

为什么爱他呢？林语堂写了《苏东坡传》，他热爱着笔下的传主："苏东坡的人道精神由于遭受许多困难而更加醇美，却没有变酸。今天我们爱他，只因为他吃苦吃得太多了。"

所谓经典，就是可以套用，可以放之四海而皆准。蔡希陶的经历实在太特殊，特殊到只有探索，只有开拓，只有发现，没有守成，终其一生，他都与不同时代背景下的艰难困苦为伴。

他自学起家，仿佛无师自通。他有自己的社会抱负，有丰富的实际管理经验，比如，在昆明植物研究所的初建时期，他要为所里职工的生计忙碌，垦地、种菜、建房、采药，冒着生命危险入山林，逃难；在葫芦岛，他起草选址的文件，为征地中利益受损的农民安排生计，监管设计施工，完善各项基础设施；在"文革"中，还浪费不少时间进行劳动改造。他对草木融入的情感越多，今天的我们就越能理解他。

一年来，我在澎湃的时代大潮中，对于他清香品格、高蹈之魂的追溯，让此次艰难的写作变得愉悦。

在这些思绪的铺垫、翻腾中，我踏进了"西园谱"陈列馆。

负责人段其武接待了我们，让我们看了一些珍贵的幻灯片与老照片。

果然，所有的文字、图片、实物、音频、影像，都以我熟悉的时间为轴线，还原了以蔡希陶为代表的一代代西双版纳植物园人披荆斩棘的历史。那些开拓者的生命历程，与龙血树、荜拨、萝芙木、美登木、瓜儿豆、油瓜、蕉麻、星油藤这些植物园历史上引种、驯化、研究、开发的资源植物一一联系着，印证着。葫芦岛这个昔日的蛮荒小岛，自 1978 年升格为中国科学院云南热带植物研究所至今，已经成为我国面积最大、保存物种最多的植物园，我国重要的战略性热带植物资源保藏基地，国家科普教育基地、国家 5A 级旅游景区，是享誉国内外的名园。

在所有对森林的探究认识中，科学家是一支先锋力量，由他们组建的科普队伍，用建立植物园的形式，探求着森林的奥秘。植物园是以收集、栽培、保存多样的植物为基本特征的园地，通过对植物学、园艺学、经济植物学的研究，为地区、国家乃至全世界的经济发展做出贡献。西双版纳热带植物园以"科普旅游"为理念，每年吸引近 60 万人次游客来感受热带雨林，体验热带植物。

段其武开口就说："是蔡老找到了橡胶宜林地。"他从史料的角度，讲述了这段历史。

"朝鲜战争爆发后，1951 年春，西方国家对我国施行经济封锁，其中包括橡胶封锁。中苏双方协议合作发展橡胶，苏方提供资金、物资、技术，换取中方生产的成品胶，双方签订了《中苏关于橡胶技术合作协议》。植胶大发展初期，我国曾向苏联贷款，购买苏联开垦森林土地的拖拉机、机械设备、运输车辆，苏联派出专家。到 1953 年 6 月，中朝美签署停战协议；我国和锡兰（今斯里兰卡）签订了橡胶贸易合同，可从锡兰进口橡胶，打破了西方国家对我国橡胶的封锁禁运。斯大林逝世后，1957 年，苏联政府单方面中止与我国的合作，后续资金、物资供应中断，也撤走了专家。早在 1955 年 11 月，在全国农业科研工作会上，对热带资源问题的讨论成为热点。要求以橡胶为主，大力开展对热带经济作物的研究。1958 年，我们先是建了一个定位站，后又建了西双版纳热带植物园。蔡老临危受命，担当起考察橡胶宜林地的任务，带领考察队在中缅、中老、中越边境跋山涉水整整半年，最终在瑞丽发现了两棵橡胶树。蔡希陶确定了在中国北纬 21 度至 23 度之间的广阔土地上适宜栽培橡胶树的论断，中国从此有了自己的橡胶工业。因为太靠边境了，国民党残匪不断来扰，西双版纳热带植物园和定位站就从边境迁到了葫芦岛。"

蔡希陶说，"国家面临暂时困难，工业要原料，人民要战胜困难，这就是我们的科研题目。"这似乎意味着，我得将他的人生，放到以"民族——国家"为横坐标，以"个人——时代"

为纵坐标的时代坐标系中去。

宏大的历史，落在一张亲历者的照片上。

段其武介绍说，"这张照片，是在昆明的黑龙潭公园拍的。蔡老在野外，在可可树下，喝着自己种的咖啡。你看，蔡老还是个很有生活情趣的人，哈哈。"

他话语间流露出的，是为蔡老能在爬山的间隙，喝到咖啡而感到的欣慰。

段其武掂量着，说了一句，"写蔡老，要用情，不要当作任务来完成。"

此话一出，我们交换了一个会意的眼神，像是对上了某种精神暗号。

他说，"刚迁到葫芦岛，就住在岛上的傣家草棚里。有的人说当时岛上有六户人家，有的说有十来户，后来全都成了我们的职工。但有几户人家，因为要按时起床，敲钟吃饭，工作繁重，他们不愿受约束，就走了。

"当时的人员构成，三分之二是工人，三分之一是科研人员。科研人员和当地人一起种苞谷，所有吃的都靠自己种，有人种蔬菜，有人种棉花，还要烧砖、盖房，你看，这张照片上，他们都爬在脚手架上，在盖房子，女职工也爬在脚手架上。"

段其武笑了，"那时候女职工也很能干啊。再后来，就有了职工幼儿园，再之后，有农大的学生来到这里。这些是合影，农大的学生在郊游的照片，其中有李立三和夫人的照片。

"这是油瓜，油瓜是一种油料植物。蔡老组建了油瓜组，那个团队很强的，我们引种驯化最成功的例子就是油瓜。

"当初园子里有原住民、有干部、有职工，谁家里有困难，蔡老都会拿出钱来给人家。

"这是蔡老与村女的合影，这个村女去年去世了。

"《人民画报》来拍的那个场景，是真实的。"

小依说："那张照片上的女人扎的短辫子，小时候我也扎过，她穿着白衬衣、花裙子，在那个时候，是不得了的装扮了，是为了给《人民画报》拍照片，特意装扮得如此美丽。"

看到一张众人围着蔡老的篝火照，我问："在野外烧篝火，不会山林着火吗？"

段其武说："不会的，那都是摆拍的，为了出效果。那个时候胶卷很珍贵，所以大家都是摆好了姿势再拍。"

第一次看到蔡老的笔记，我凝视着他的笔迹，像看他的照片一样。

段其武说，"你看，这是在雨林里，一棵独树成林的大树，倒下后，成了独木桥。

"周总理接见蔡老后，对热带雨林的保护提上了议事日程。这是我们在把茶树和橡胶树套种起来，拉开株距、行距，再把咖啡树和橡胶树套种起来，也拉开了株距和行距。我们就是在小依她们村里搞的实验。

"这是园里早期为了接待苏联专家盖的房子，但苏联专家还没住，就撤走了。

"这张照片上，在一棵大榕树下，大家在用梯子爬树。

"这是蔡老的四大弟子：裴盛基、冯耀宗、许再富、李延辉。

"这张，蔡老坐在石头上。

"这张，是以前的吊桥，那个吊桥在 1985 年的时候，被暴风吹塌过一次。"

"哦，我们昨天晚上走过的那个吊桥是新建的？"我问。

段其武说，"是的。"

"西园谱"馆内的影像，把文字里的细节，都化成了画面。

段其武说，"蔡老一个巨大的贡献是对人才的培养。蔡老的四大弟子，后来三个当了园主任、所长。四大弟子中，三个是中专毕业，哈哈，他就是这样，并不会以学历高低衡量一个人，他的心中没有等级学历之分。裴盛基很健谈，是这里的第二任主任，上次记者去采访他的时候，录音笔的电池都没电了，他还在侃侃而谈。许再富是第三任主任，我们的现任主任是陈进。

"蔡老提出了'两当'，你知道什么是'两当'吗？"

"当然，当前，当地。"我答道。

"是的，蔡老问：'当前国家需要什么？我们西双版纳当地能种植什么？'国家紧缺什么植物，他就研究什么植物；当地民族需要发展什么植物，他就研究什么植物。这就是'两当'。你看，蔡老当年提出的'两当'口号，至今仍然适用。可见他的站位是很高的。"

1958 年，在西双版纳植物园选址时，蔡希陶说："我们这里搞花，现在还没有人要。现在急需找一些国家需要的经济植物。当前国家需要什么，我们西双版纳就种植什么，我们就是要寻找、发现有经济价值的热带和亚热带植物加以试种。通过国际交往和华侨，搜罗世界热带和亚热带各地的经济作物加以试验栽培，栽培各种有学术意义的植物。"

段其武说："你看，这是方毅的题词：献身科学。"

他笑道，"知道不，蔡老的朋友圈是很有品位的，有闻一多、吴晗、竺可桢、彭加木、徐迟、方毅副总理、周恩来总理……"

"这个，我知道。"我说。

"他是扛着枪来到植物园的。他带队伍到植物园开垦，披荆斩棘，人进到林子里，先要把枪架起来，这个你知道吗？"

"这个，不知道，为什么？"我问。

"哈哈，因为随时会有土匪来骚扰。"

当事人禹平华写过一则故事：那天，我们调查队一行 60 多人步行了一天，终于在天黑前赶到了麻栗坡县。刚刚安顿下来，就听到外面"啪—啪—啪"的枪声。我循声听去，枪声是从对面不远处的山上传来的。"开枪的是什么人？难道真的是土匪来了吗？"惊慌失措的我，忍不住问身旁的蔡先生。

"怕什么，我们不是还有护卫队嘛！"蔡先生若无其事地研究当天采集的标本。过了一会，枪声消失了，我们很快得到消息：

由于国民党残匪非常猖獗，为了保障云南特种林调查队中苏专家的人身安全，云南省军区特别安排了一个排的军队全程护送。同时，我们调查队每到一个县或市，也会受到当地民兵武装的积极支援。那晚，由于天色已黑，护卫队误将前来支援的麻栗坡民兵当作土匪，双方就开火了。

又过了几天，我们到了小勐养的一个傣族村寨。谁料那天晚上正赶上一户傣族人家送小男孩去寺庙当和尚，整个寨子"叮咚—叮咚""噼啪—噼啪"，又是锣鼓声、又是鞭炮声响了好一阵子，我们都以为是枪声，还准备收拾东西撤离呢。

"你咋把被子捆起来了？"蔡先生见我在捆被子，很是惊奇。

"土匪不是来了么！背着铺盖跑啊！"我忙答。

"你这小子，土匪要真来了，还要这些东西干嘛！"蔡先生哈哈大笑。

段其武接着说："照片上这位就是禹平华，是最了解早期蔡老的人，他现在在昆明，已经93岁了。这就是禹平华两夫妻的照片。你要是采访他，不能打断他的思路，要一个问题由着他讲，打断就乱了。"

段其武说，"很是佩服他们老一代人，他们具有的科学精神、奉献精神，值得我们永远学习。"

我们走出"西园谱"，再次来到蔡老的雕像前。

小依说："蔡老有一句诗'万木森森树海行'，所以这组雕像就取名为'树海行'。你看，蔡老的群雕前面，有一个傣家姑娘，之所以有一个傣家姑娘的雕像，是因为蔡老在这里开创的时候，当地的原住民，也贡献了自己的力量。"

多年前，园里的人，都会看见有个散步的老者，以率真、无成见的眼神，日日观察着大自然，使这个植物园越来越出名。让住在王莲酒店的我，舍不得进房间，一遍遍地，踩着潮湿的土地，希望能够遍历每一寸泥土，去设法感受蔡老曾有过的感受。

没有任何一项创业是轻松的。蔡希陶已然完成了昆明植物研究所的创建，为什么又要开始新一轮的创业，来到葫芦岛呢？

相同的是，万难都在等待着创业者。不同的是，当年，那个离开京城的背影，如此年轻，如此急切地奔向一个未知的世界。但后来，他离开云南省城昆明的背影，如此沧桑，他已有了白发，有了肚腩，有了身体上的各种不适，而奔向的，却是已知的艰险。别说挥动大刀的艰辛，即使想在雨林小憩片刻，都没有可能，那里的潮热，那里的蚊虫叮咬，让雨林变得极其不宜人居。

开拓者，上演的都是一部黑白电影。

我去读蔡老写下的文字："居住在城市大厦中，很难接近植物，所以我就到植物茂盛的山间密林附近去居住和工作。远离城市，工作和生活条件是差了一点，但是条件是人创造的，我们可以创造条件。科学研究最基本的条件是自然界这个对象，我们决不能离开这个条件去奢谈其他辅助条件。"

吴征镒院士与蔡老并肩多年，一同勾勒了"花开三带，果结八方"的蓝图，即在云南建设三个植物园，一个在热带，也就是西双版纳，一个在昆明，一个在丽江。他赞叹道："希陶同志真奇人也，始以率真见奇，因行事奇，见奇迹而愈显其率真。"

蔡希陶毕生创建了一所一园：一所是 1938 年艰辛筹建的云南农林植物研究所，如今是中国科学院昆明植物研究所；一园是西双版纳热带植物园，于 1959 年元旦那天正式创建，蔡希陶为第一任园主任。

其中，西双版纳热带植物园，是他一生的主战场，是他"写在大地上的文章"。

时任中国科学院院长的路甬祥，在视察西双版纳热带植物园时，提出把西双版纳热带植物园建设成为我国第一个万种植物园，"继承和发扬蔡希陶教授献身科学的精神"。

萧伯纳希望"这个世界在我去世的时候要比我出生的时候更好"。今天的我们，可以见证：经由蔡希陶的一生，这个世界比他刚刚到来时，更加美好。就像苏东坡的诗句，虽然他来到葫芦岛时年过半百，"垂老投荒"，但，"江山何幸，但经宦辙便千秋"。

回酒店的路上，我特意去看了王莲。

王莲，顾名思义，是莲中王者。莲，荷花，芙蓉，睡莲科，花开三四天之后，会变色。这种热带植物，晚上八九点钟开花，开到第二天上午。真让人体会到"唯恐夜深花睡去"。

同行的小胡把手伸到水下去探，说，"哇，王莲的背后都是刺。"

小依说："王莲背后长刺是用来防鱼虫啃噬的，下面有刺，上面自动卷边，能够坐上一个七八岁的小孩。"

刚才我们在馆里看到一张照片，王莲叶上，坐着一个五六岁的小女孩。段其武说："那个孩子是园里职工的孩子，现在上完大学回来了，是园二代。"原来王莲的叶子，浮力如此之大。

从小依那里，我刚刚得知：在分类学上，莲和睡莲是不同的植物，莲属于山龙眼目，王莲则属于睡莲目。在中文名中，莲，特指的是荷花，而不能指睡莲。

但在我看来，莲、荷花、睡莲、王莲，统统可以被联想为千百年来被一遍遍诵经修善的静物，如诗如画地铺展在翠绿的湖面上，于是不管三七二十一地吟出了，"出淤泥而不染，濯清涟而不妖""接天莲叶无穷碧，映日荷花别样红"。这就是文学的想象与科学的严谨之间的距离吧。

莲，它洁白的双脚，洁白的心，在黑暗幽闭的泥土中无所畏惧地穿行，最后，在盛开的一刹那，坚贞如斯，欣喜若狂。它的盛开并不是给人看的，而是充满自喜。因为只有它知道，自己如何在黑暗的寒夜里，根一样坚守。

不期然地，我把莫奈的《睡莲》铺展在王莲池上。

法国印象派代表画家莫奈的《睡莲》，绿色的叶，暗红的花，池水波光粼粼，站在画旁的我，沉入那片暗绿的池塘，那"睡着"又"醒着"的花，在脑中久久开着。没有比水更能安慰人，比花更能让人喜悦的了。就像画家自己说的："让疲乏的神经在寂静的水面休息片刻，得到舒展；在开满鲜花的房间中央，为浮动的思绪提供一个休息场所。"

莫奈清早来到花园，向各种花草树木问好。晚年他患了白内障，花园的景象在他眼中越来越模糊，他凭着以往对色彩的记忆继续画画，只画"睡莲"。生命的悲怆融入，让画中的一切都有了生命。

在热带植物园的每个夜晚，乐是国乐《雨打芭蕉》，词是宋词《爱莲说》，画是莫奈的《睡莲》……植物的世界，究竟可以成全多少艺术品？

在王莲酒店的二楼，看到服务员总是在用吸尘器，轰隆隆地吸着什么，我问，"这是在吸什么东西？"

她说："是飞蚂蚁。"

"什么叫飞蚂蚁？"

"就是属于蜉蝣之类的东西，这些蜉蝣因为生命短，已经是死的了，我们服务员得每天来打扫干净。"

难怪一大早捕捉鸟鸣的耳朵，总是听到轰鸣着的吸尘器的声音。

大地上，一只飞蚂蚁或蜉蝣的生命，和望天树的生命一样，出现在这个世界上，是第一次，也是最后一次。这，给了我这个愚笨之人以启示，让我以一种质疑的眼光去观看事物的长短。

天色渐渐暗下来，草丛里有一只闪闪发亮的萤火虫，我把它小心地捧在手中，看着那美丽的萤光，忽明忽暗。

六、龙血树

寻着池塘蛙声，走过"树海行"雕像，就来到了一棵枝繁叶茂、树皮光滑的树前，我一瞬间就猜到，这就是蔡老手植的一棵龙血树。

我在现场蓦然明白，他的生活中仅仅是艰难备至吗？不，他的一生，充满常人所没有的惊喜，那种发现的惊喜，找到目标的惊喜。

哥伦布、麦哲伦，远航重洋，目的之一是寻找香料、肉豆蔻、胡椒。欧洲人来到美洲大陆，带回了欧洲根本不存在的重要植物：土豆、玉米、烟草、可可豆、西红柿、辣椒和菜豆。

1900 年 2 月 24 日，英国的威尔逊抵达长江畔的宜昌，组织了一支探险队，乘船逆江而上，穿三峡，向川鄂交界地进发，在一个山沟里惊喜地发现一棵珙桐树，遗憾的是已被人砍断，威尔逊彻夜难眠。后来，威尔逊的耐心获得了眷顾，这天，他在一片葱翠的密林里，赫然看到一棵满树飞舞着美丽白花的高大的珙桐，他激动得尖叫起来："珙桐是北温带所有树种中最有趣、最漂亮的……花朵和苞片垂挂在那些长长的花茎上，微风吹拂时，它们就像在树上曼舞的大蝴蝶……"

蔡希陶没有远渡，他在自己脚下的国土上，寻找、发现、利用，西双版纳热带植物园从来就不只是他做学问的"圣贤书斋"。

20世纪50年代，他爱这个新生的祖国，愿意为它去寻找工业资源、战略资源，于是惊喜地发现了橡胶宜林地。

60年代，那个饥荒年代，全国粮油都困难，他爱缺少粮食的人民，愿意为他们去搞野生油瓜家化，种芭蕉代粮，超出自己专业范围去搞傣族村寨双季稻试验……

他以悲悯之心，热切地拥抱着这个世界。他高洁的灵魂，是每个时代的珍品。

做研究工作就是这样，一旦你拥有的智慧、经验、知识，给了你一双解读万物的眼睛，让你能认识到万物本真的价值，知道自己正与远古的生命做着交流，那是常人不能体验的乐趣，枯燥的工作会变成一种精神的极乐。这样的工作不是为了博得赞赏，勉力付出的过程，就是奖赏。

发现那些在地球上生活了数百万年的生物，在漫长的时间中不断适应变化着的环境，改造自身的基因，在人类的现代文明中幸存下来，这是让蔡希陶深深着迷的事情，让他度过了充满狂喜的一生。

　　师从蔡希陶的冯耀宗，讲述了一个关于温室中的橡胶苗的故事：1955 年的金秋，在昆明工作站的温室里，蔡老领着几个刚来报到的大学毕业生，为他们逐一介绍温室里的植物。

　　蔡老说："这是油瓜，一种油料植物，含油量高着呢。那是一种药用植物，傣族人用来止血，效果非常好。

　　"来，你们摸一下这叶子，再闻闻看，香吧，这种叫香叶天竺葵，俗称'摸摸香'，从它身上提取的香叶油，是调制各种化妆香精的母体香料。"

　　我看到温室中心有六株小树苗，叶子非常奇特，问："蔡老师，这种一片叶子上长了三片小叶子的植物叫什么呢？"

　　蔡老说："这就是巴西三叶橡胶树，全世界绝大部分的橡胶，都是从它身上流淌出来的。

　　"我们国家急需橡胶资源，帝国主义却在封锁我们。巴西三叶橡胶树是热带雨林的产物，一直以来学术界的传统说法是'中国无热带'，我们自己种橡胶树，障碍重重啊！

　　"不过，据我们这几年的野外考察，中国是有热带雨林的，西双版纳就有，我们在德宏和西双版纳都发现了三叶橡胶树！

　　"德宏凤凰山上遗留的那两株橡胶树因为栽种得早，所以才比西双版纳的长得更高更大。事实上，西双版纳地区纬度低，热带雨林覆盖面积大，更适合种橡胶树，这几株橡胶苗我们以后要种到西双版纳去！"

漫漫寻胶路是一段惊喜之旅。伟大的科学家往往不是从书斋里走出来的。

1949 年中华人民共和国成立，蔡希陶从人民政府手里接受的第一个任务，是为祖国找橡胶树。摇篮中的新中国，许多战略物资被禁运，其中就有橡胶。蔡希陶知道云南有丰富的野生含胶植物，知道云南境内有零零星星的橡胶树试种，但品质最优良、产量最高的巴西三叶橡胶树，原产地是南美洲亚马孙河流域，属于热带雨林，滇南是它的最佳宜林地吗？它能否也像美烟"大金元"一样适宜种在云南这方土地上呢？

蔡希陶自己写下质朴的说明：

中华人民共和国成立以后，我接受了中央关于寻找橡胶资源的任务。那时云南省虽然解放了，可是边疆地区的秩序尚未稳定。而我设想的可能有野生橡胶树的地方，就是在和外国接壤的政治秩序没有完全建立的边疆。那些地方海拔低、天气热、雨量多，我和三位青年，赶着两匹驮马，带了几瓶防疟疾用的奎宁丸，从文山专区起，沿国境向西走了几千里路（不应该说是路，因为有一段是没有路或小径可通的），一直到缅甸边界……

研究资源植物仅仅依靠植物学本身是不够的，要明确某种植物的用途，必须有化学手段的帮助，要把寻找到的有用资源发展壮大起来，就必须有栽培学的知识。所以我就东奔西走，乞助于化学及栽培学方面的力量。靠着党的统一领导和各方面同志的帮助，我终于组织了一支有多学科配合作战的队伍，能够为开发祖国植物资源进行探索了。我们这支综合队伍在短短的二十多年的时间内，横冲直撞于密林深山，攻下了几十种国家迫切需要的资源。

1951年，蔡希陶率领调查队，从昆明出发，步行到蒙自、个旧、金平、麻栗坡，国境线上时有国民党残军袭击，转到文山壮族苗族自治州和红河哈尼族彝族自治州，一路餐风饮露，发现了胶质很好的"九牛藤""大赛格多""中赛格多"和"鹿角藤"。到了墨江，才吃到了一顿放在簸箕里的饭菜，在马圈里将就了一宿，但蔡希陶说，这比在北京饭店还舒服。

从此，他风餐露宿的生命里，就充满了一个个发现的惊喜：他出入沟谷雨林，终于在瑞丽找到两棵巴西三叶橡胶树，那是亚马孙河流域四十几种橡胶树中最好的一种；以后，他又找到了生长最快的速生橡胶树"团花树"，找到了采石油用的"瓜尔豆"，找到了具有抗癌性能的"美登木"……

他没时间在成功里沉浸，会马上反省：

从此我就越加自信，植物学虽是一门理论学科，但是熟悉了这门学科，用这方面的知识去寻找国民经济需要的物资和原料，是会受到人民欢迎的。所以我开始把注意力集中到资源植物上去。这方面的科学研究在中华人民共和国成立前是很少有人涉猎的，我引种三叶橡胶栽培成功，不仅打破了国际上北纬 10 度以北不能种植橡胶树的禁区线，还将种植区移至北纬 24 度的广大地区，而且探觅到了三叶橡胶树的最佳宜林地，并几经试验获得成功。

外国专家评价说：橡胶树在中国云南这样高纬度、高海拔的地区种植成功，还那么高产，真是奇迹！

他又往滇西的芒市、盈江、陇川、瑞丽，一路考察，最初并没有找到橡胶树。两个月里，走遍了滇西南的山山水水、大小坝子，最终，在瑞丽的凤凰山，找到两棵巴西三叶橡胶树，是巴西亚马孙河流域热带雨林所产四十多种橡胶树中最好的一种。原来，第二次世界大战期间，日军占领此地时，建立过从马来亚引种的橡胶树种植园。尚未割胶就战败撤退了，于是，日军用一把大火将园子全部烧掉，只幸存下来这两棵珍贵的树种。

他欣喜若狂地说，"这两棵三叶橡胶树生长在海拔 960 米的山上，位于北纬 24 度多！云南省种胶的宜林地是广阔的。"

1953 年，蔡希陶率领由中央林业部组织，中苏专家组成的云南特种林调查队，从河口、金屏、车里、橄榄坝、芒市、盈江，一路勘察，最后得出了自己的结论："种橡胶树，西双版纳最好，德宏差。"

于是，一批芽接橡胶苗在中国北纬 21 度到 23 度之间的广阔土地上，开始种植，结束了中国无橡胶宜林地的历史。

他率队找到植物，开发资源的故事，还有很多：三大名花的故事、南药的故事、香料的故事、热带水果的故事、瓜尔豆的故事、民族植物学的故事、胶茶人工群落的故事……他组织的对砂仁、毕拨、千年健、血竭等国产南药资源的开发研究，在 1978 年获得了"全国科学大会奖"，他开展的对能源植物小桐子的栽培，也在手扶拖拉机的应用试验上，获得成功。

他的一生，是一个有着丰富内心体验和精神世界的人不断探索自然的一生。他爱世间生命，爱家人，爱一猴、一马、一只叫丁哥的狗，爱被他找到的那些植物。他的足迹，穿灌丛、钻幽谷、攀尖岭，与草木相伴，只为今朝的短暂凝视，认出了你，一树、一花、一叶、一萼、一蕊。

他同样以这种惊喜的心情，发现了美登木。园里的同事管康林回忆：1972 年 8 月，国务院办公室向云南省发出"寻找美登木"的通知。蔡希陶派植物资源室的裴盛基、李延辉去西双版纳雨林中寻找，几天后，美登木被发现。之后就拉开了一场攻关抗癌药物美登木的十年大会战。

他是植物资源开发的先驱者，用植物学知识，为人民做一些有用的工作，是他的志愿。他毕生研究植物资源、植物分类，提出可在一特定地段上，人为安排适应人类需求的木本和草本组合栽培，奠定了我国人工植物群落实验的研究基础。在从事植物学研究的 50 年中，他与同事们发掘、遴选、试验、推广了几十种重要的经济植物。蔡希陶为了国家的需求，一直不断地开展着科学研究。

他创建的西双版纳热带植物园，很快拿出了第一批科研成果：被称为"油料大王"的油瓜，被推广开来；还成功引种了工业需要的轻木、蕉麻、胍胶豆；并领导实现了石油开采所急需的水基压裂液原料植物瓜尔豆的引种、栽培和加工……

在蔡老的带领下，西双版纳热带植物园一共开展了 174 项课题研究，取得科技成果 73 项，其中属院、省级的有 26 项；撰写论文 377 篇，在国内外刊物发表文章 256 篇。基本摸清了滇南热带植物资源的种类，发掘了一大批重要的资源植物，如抗癌植物美登木、嘉兰，国产南药资源血竭、绿壳砂、毕拨、千年健、大风子、萝芙木；油料作物油瓜、风吹楠；速生木材团花、八宝树、千果榄仁；各种热带水果、蔬菜、食用植物等。

刚从"文革"中恢复自由的蔡希陶，奔忙于野外、实验室、植物园，直到 1974 年年底，因脑血栓发作，病倒在植物园。云南省委与昆明军区联系，派直升机来植物园将蔡老接到昆明医院。帮着抬担架的管康林记得，飞机降落时，螺旋桨叶刮起了一阵大风，风中，大批的群众在目送，在植物园，真是破天荒的事，那一幕，留在许多老人的记忆中。

住院数月后，1975 年的夏天，蔡希陶拄着一根藤杖，回到小勐仑，回到葫芦岛，出现在植物园。

1977 年 8 月，他在保山、瑞丽的野外，在曾经考察美登木的森林中，第二次脑血管痉挛，第二次被用飞机送回昆明，在第二次大病初愈后，又回到小勐仑热带植物研究所工作了两年。

他抱怨："你们总不让我工作不行，这不行，我要工作。"

第三次奇迹般地被抢救过来后，他依然准备去参加即将举行的全国科学大会。1977年11月，他在北京出席全国科技规划会议期间再次病倒，回到昆明治疗。这一次，奇迹没有再发生，他再也未能返回魂牵梦萦的热带植物园。

1981年2月12日，蔡希陶因患椎基动脉血栓，第四次病危，其间呼吸停顿了17分钟，抢救后又恢复了自主呼吸。

我惊叹于他的生命力。

中央领导打来电话说："蔡老是我国著名植物学家，对祖国科学事业做出了重要贡献，请云南省委和省政府全力抢救。"

但是，他离开了这个他不舍的、有着众多大树的绿色世界，终年70岁。

他骨灰的一半安放在他创建的昆明植物所，他栽种的水杉树下；另一半安放在葫芦岛，他发现、引种、手栽的龙血树下。

树旁，竖立着一块巨石，由陈封怀书写：

一生为国建家园，开辟边疆觅资源；

西双版纳成大业，惨淡经营工作严。

巨石下，一股清泉，由小而大，流进三个水池。

那天，植物园里几乎所有人都参加了骨灰安放的仪式，队伍排得很长很长……

每每傣历新年，傣家人会敲打着象脚鼓和芒锣，来到这棵枝繁叶茂、生机勃勃的龙血树跟前，用红绿黄蓝各种颜色的塑料小桶从水池里提起一桶桶清水，一齐向龙血树、纪念碑石和掩埋着蔡希陶骨灰的黑土泼起水来。

乡亲们说："蔡波涛自从 1958 年到这座荒岛上建起植物园以来，在研究植物、保护自然、发展生产、开发旅游等方面都给傣家人带来了好处，给蔡波涛最喜欢的龙血树泼水，是在对他表示感谢。"

傣家人泼出祝福水，用棕叶扇遮住半边脸的老赞哈（傣族歌手）在龙血树前唱：

蔡波涛啊，

龙血树生长在你的心上，

你也活在龙血树的绿叶子上……

看到西双版纳热带植物园关于希陶木的一则简讯：

2014 年 8 月，在中国科学院西双版纳热带植物园读硕士研究生的顾伯健，在朱华研究员的指导下，来到位于红河中游的元江干热河谷生态站进行季雨林植被调查。发现在海拔 350 至550 米的河谷山坡生长着一种大戟科灌木，始终未能订种。经分子系统学研究确认，与热带亚洲广布属白大凤属为姊妹群，系统位置位于铁觅菜亚科风轮桐族，但其雌雄异株、雌雄花近乎单生并着生于退化的短枝上及雌花具花盘腺体等形态特征均与风轮桐族内已知的属无法对应，其应为一种未被描述的新类群。为纪念蔡希陶教授对云南植物研究事业所做出的贡献，将该种植物命名为希陶木。以雌雄异株之独特，彰显由其亲手创建的两所科研机构的同根之谊。西双版纳热带植物园党委书记李宏伟与蔡希陶家人、老职工代表一起，在蔡希陶纪念室的后花园，植下了一株希陶木。

把某一类事物称为什么东西，具有开天辟地的意义，你命名了，就开辟出来了。

赋予一个物种、一条江河、一株草一个芳名，都是在把这个世界打点清楚，蔡老，化成了这个世界的秩序之一。

歌德说，"一株植物的生长就是三次扩张和收缩。"科学家对多种木材进行了静曲、动曲、纵压、横压、顺纹拉力、横纹拉力、剪切、劈开、硬度等试验。那么，一个人的成长，又要经历多少次扩张和收缩呢？

他找到了血竭而非血竭，他找到了望天树而非望天树，他非一个工匠，他有着人性的完整性，有着一个高蹈的灵魂。

史铁生的《我与地坛》这样结尾：

　　我来的时候是个孩子，他有那么多孩子气的念头所以才哭着喊着闹着要来，他一来一见到这个世界便立刻成了不要命的情人，而对一个情人来说，不管多么漫长的时光也是稍纵即逝……那一天，我也将沉静着走下山去，扶着我的拐杖。有一天，在某一处山洼里，势必会跑上来一个欢蹦的孩子，抱着他的玩具。

　　当然，那不是我。

　　但是，那不是我吗？

　　来世，蔡老将依然是一个对着虫子、叶子发呆的孩子，向往着他绿色的魔法世界。

七、那个告别京城的背影

1911 年 3 月 12 日，蔡希陶出生在浙江东阳县虎鹿镇蔡宅村。其父蔡汝楫遵祖父的命令，"不为良相，便为良医"，赴日本习医，返国行医，悬壶济世。

蔡希陶从小就读于杭州著名的蕙兰中学，学校刊物众多，经常举办时事讲座，谈论各种社会问题。学校培养了教育家陈鹤琴、作家郁达夫、诗人艾青等。蔡希陶毕业时，已经能翻译、能写作，国文英语兼优。

弟弟蔡希岳说："希陶在蕙兰初中功课学得很好，且爱文艺，看各种小说，也写过一些小说，发表在学校的油印刊物上。"

他兴趣广泛，在校运动会上得过好几个奖杯，在蕙兰中学的三年，为他打下了较为坚实的基础，锻炼了体魄，扩大了视野，使他对生命初步产生了一种悲悯的情怀。

舅舅李绥芳曾自豪地说："我的几个蔡宅外甥，读书触类旁通，将来前程千里。"

1927 年蔡希陶到了上海，就读于立达学园，能说一口标准的英语。上海虹口枪杀纱厂工会主席事件，激起上海学生、工人、商人、教师的反帝运动。翌日晨，蔡希陶与二十多所学校的七千余名同学一起罢课，拿着毛竹筒到处去募捐，他一旦投入，总有着一腔赤子情怀。

一个人怎样生活，显然与他所处的时代有重要关联，不同时代的人，会有不同的活法。

一年后他辍学，在家自修期间，到中华美术专科学校进修了英语与美术，埋下了关于审美的种子。

1929 年，他又在上海光华大学物理系念了一年书，让自己具有了一些基础的物理学知识。

此时，他结识了才华不输于他的向仲。恋爱中的蔡希陶，每天都神采奕奕的，常带着向仲，去在上海大学教英文的大姐蔡葵和任上海大学教务长的大姐夫陈望道家里。还与大姐一起，翻译了英国历史学家韦尔斯的著作《世界文化史》，先由大江书铺出版，1932 年由开明书店再版。

五四运动爆发后，大姐夫陈望道从日本回国，投身于壮阔的新文化运动，宣传马克思主义，翻译《共产党宣言》和波格达诺夫的《社会意识学大纲》。他的哲学立场鲜明，反对把文化当休闲、当"咖啡"、当"冰激凌"、当"风花雪月"，而是要当作获取新知、获取真理、追求人类自我解放的事业，认定了文化要用来求知，科学要用来造福于民。

　　他的战友是瞿秋白、李达、夏征农、鲁迅、冯雪峰、胡愈之。陈望道说："一个人，如果要在事业上有所成就，需要七分学者气，三分才子气。学者气长到十分就会呆，才子气长到十分就会浮。"

　　进校一年，18 岁的蔡希陶就因参加革命，被上海光华大学开除，向仲却考上了清华大学。蔡希陶该怎么办呢？失学，失业，难道还要失恋吗？不，他认定了，向仲就是他一生的挚爱。

　　自从离开学校，他教过书，做过工，但这些谋生的手段都无法真正地吸引蔡希陶。直到 1930 年 9 月，他从上海追随恋人，来到北平的静生生物调查所，当了一名实习生，却不知，他绿色的传奇人生，在毫不经意间，悄悄地开了头。

　　北平静生生物调查所，是一所用庚子赔款资助建立的私立研究机构。蔡希陶是冲着动物去的，在杭州的中学时代，他宿舍的窗户上，挂的是鸟笼，床底下，拴的是小狗，他对小鸟、鱼、虫，甚至虎、豹、狼都十分喜爱，他有着博物学家和文学家的情怀，热爱大自然中一切有生命的东西，他读布丰的《动物素描》，读怀特的《塞尔彭自然史》，读法布尔的《昆虫记》，劳伦兹的《所罗门王的指环》《雁语者》《狗的家世》，波伦的《植物的欲望》，威尔逊的《蚂蚁》，华莱士的《马来群岛自然科学考察记》，丹斯的《贝壳》……

　　蔡希陶回忆刚到静生生物调查所时曾说，"谁知道我一去报到，碰到的就是植物学家胡先骕先生，那时他是静生生物调查研究所的所长，他一见我就很器重我，鼓励我帮助他搞植物学研究。我当时迫于形势，就只好答应了他，而心中却打算既然有机会进了这道大门，我还可以搞一点业余活动，满足我对动物学的爱好。"

他坚持一贯的自学风格，恶补植物学、分类学、德文、拉丁文这些必修的基础课程。

他所遇见的胡先骕，是我国植物分类的先驱者之一。胡先骕观察着这个活泼有朝气，动手能力强，悟性好，肯自学的年轻人，心里欢喜，第二年夏天就让这个生瓜蛋，到北平附近采集生物标本，有心培养他成为标本采集员。

却不想，这个生瓜蛋第二年就与胡所长合著发表了《四川省唇形科植物之研究》的论文，三年后，与俞德浚先生一起用英文和拉丁文发表论文，合译《系统植物分类》和《农艺植物考源》，又承担了静生所的花园布置工作，让这个花园，成了日后植物园的雏形。

胡所长连连称赞："不可多得的人才。"

他饶有兴致地阅读科学家们的考察札记，翻阅许多外国人的游记。

同行对他的共识是，"蔡希陶是自学成才的典范"。也许，任何自然界里的道理，他都可以触类旁通吧。

我用他的自学方式，去读那些他读过的书，了解到在 19 世纪，欧洲人在华最广泛的科学活动，就是植物学活动。法国人孟倍伊在云南采集了大量植物标本寄回法国；美国哈佛大学阿德诺树木园职员喜纳特到中国昆明、丽江、高黎贡山，采集植物标本带回国；法国人梅里员在云南各地采走植物标本和种子，引至法国栽培繁育；奥地利维也纳自然历史博物馆馆员韩马吉，从滇中高原、滇西北高山、独龙江河谷采集了大批植物标本，回国编了一本《中国植物纪要》；法国人在云南白盐井采走标本；美国人诺克到木里、贡嘎雪山、西双版纳澜沧江旁，采集了大量植物标本和种子；英国爱丁堡皇家植物园派的职业采集家傅礼士，深入到滇西南腾冲之北的高黎贡山等地，采集植物标本三万余号，现在英国爱丁堡皇家植物园及各处庭园的杜鹃、报春、龙胆、百合、绿绒蒿等珍贵名花就是傅礼士当年在云南采集的材料繁育的。有人说："没有中国西南的植物，欧洲的花园就不能称为花园。"

胡先骕与学生们聊着刚读完的美国人威尔逊写的书《一个带着标本箱、照相机和火枪在中国西部旅行的自然学家》，书中说，中国的花卉是世界上最富丽的，特别地赞赏杜鹃花的品种之多。胡所长说，美国人、英国人、日本人、俄国人，虽然拿走了我们数十万份植物标本，上千种奇花异卉，但他们不知道云南的杜鹃花，品种还要多得多。中国的生物学其实空白点还有很多，特别是大凉山。生物调查所就是要发展中国的生物学，越是空白的地方，越需要去考察。

蔡希陶说："1932 年，我由于翻阅外国人的游记，知道了云南是世界上植物种类最丰富的地方之一。我想，我国的植物种类要算云南最丰富，英、法、德、美等国都多次派人来采集了很多标本，我们中国人自己反而视云南为畏途，为什么不敢去取宝呢？"

他的心里酝酿着，翻腾着，撞醒了深埋着的当一个探险家的心念。

人在年轻时，最头疼的一件事就是决定自己这一生要做什么。此时，命运的导火索，恰如其分地被点燃了。一个激烈的念头，开始占据他的心灵，心潮澎湃的蔡希陶，决定请缨。

希腊神殿上的铭文是"认识你自己"。动物不需要认识自己，动物对认识自己毫无兴趣。但真正的人，是从认识自己开始的。

赴滇，是一个凶险的畏途。但采集植物标本，是一个美丽的使命。他准备好了，要投入到这项有意义的事业中去。

真人必有洞见。蔡希陶想：植物学本来就不在标本馆里，而在大自然中。既然一生要矢志不移于植物学，那最好能有一大段时间，先做一个野人，先不要管什么系统知识，什么学名、分类、解剖。只需要漫山遍野地找标本，在那种惊异感中，奠定今后的方向。

他的坚定，倒让胡所长迟疑起来。入滇多为畏途，多民族聚居地，山高谷深，时有瘟疫、盗匪发生，中外植物学家中只有极少数人敢冒险到云南的个别地区，进行短期考察和植物标本采集。

血气方刚的蔡希陶决定，向着自己的使命出发。1932 年初春，缭绕着寒意的那个早晨，21 岁的蔡希陶，北平静生生物调查所的一名年轻的实习生，告别了导师、同事、朋友，告别了京城，怀揣着胡所长的亲笔信函，带着招聘的两名青年，踏上赴云南的路途。

他骨子里反对奢华的生活方式，要用五官、用身体、用灵魂，去感受大自然。从这次离开京城，到他半百之时离开省城，他不断地，一次次地走出自己的舒适区。这是所有优秀者在人生路口的相同选择。

谁与同行？他写道："要筹备出发的时候，看看地图，想想这遥远的地方，有谁和我一起去呢？后来，我想出一个在当时社会上常用的办法，就是登报招聘。我想这么大一个北平城，一定会有几个有志之士的。果然，一登出广告，就有近两百个青年来报名，我把他们集合起来考试一下，录取了四名学业成绩比较优秀的。谁知他们来报到以后，得知是要分配到云南这个遥远而生疏的地方去，就戴起帽子告辞了，一个都不愿意留下来。我碰了一鼻子灰，就只好另约了两个文化较低的青年，一起动身向南方出发了。"

刚出北平城，两个年轻人得知要去云南，掂量着自己忍受不了途中艰险，弹弹帽子，走了。蔡希陶孤身经京浦路，到南京，改乘轮船，入川至宜宾时，结识了一名叫邱炳云的挑夫，这才有了伴。谁知道呢，他们一伴，就是终身。

外国人去采集标本，除了带标本箱，还带着火枪。蔡希陶带了什么呢？说是考察，其实完全不具备现代意义上的装备，只有一匹马、一条狗、一只猴子，再加上两个人。他们渡过金沙江，入云南昭通，西折到四川的大凉山，踏着越来越深的秋草，面对激流、雪山、瘴气、匪盗、茫茫林海……

采集工作一步步深入到彝族聚居的凉山。他以过人的胆识，真诚地与彝族奴隶主黑骨头喝牛血酒，订盟，过关，得到了在大凉山地区活动的许可，又从大凉山南下云南，经哈尼族、傣族、壮族、苗族居住区，直到红河南边的国境线。

蔡希陶陶醉于莽莽苍苍的大山，无边无际的森林，采集着一份又一份植物标本。从磅礴的乌蒙山，到终年积雪的碧罗雪山，从水流湍急的金沙江，到澜沧江和红河两岸的密林，在风餐露宿中，跑遍土匪盗贼横行的蛮烟瘴雨之地。

他的考察充满激情与勇敢，常常连续几日穿行于群峰、湖泊、峡谷、草甸，只带极少的食物，不是今天的"驴友""背包族"所能企及的。在凡人不可能落足的悬崖，鹰一般地栖足于岩石，看瀑布碎裂为众多晶莹善歌的溪流，流星般群聚于谷底……

鲍勃·迪伦在他的歌中问："一个人要行多少路，才能成为真正的男人？"

不知道他在瘴疠之乡的山水间走了多少路程，只知道时间是三年，从 1932 年到 1934 年。所获得的成果，却不亚于一支考察队，采集了 21000 余号的十多万份珍贵的植物标本，其中有不少从未被鉴定的新物种，为静生生物调查所的科学研究提供了宝贵的资料。

他不断把采集到的标本，一次次寄回北平，以细密而准确的第一手观察，取代了懵懂的记载、无限的臆度和对于云南狂怪的传说。他成为云南植物王国的揭幕人。他像童话中的孩子，一声声的"芝麻开门"，喊开了一个藏有各种各样植物宝库的山门，让世人见到了面纱后的云南植物王国。

外孙女王月写下《翻开岁月的书——记写我的姥爷蔡希陶》：

在云南植物采集史上，1919 年之前，我们看不到一个中国人的名字。

赖神父（J.M. Delavay）：法国神父，自 1863 年即开始对云南植物进行搜集，其寄往巴黎博物馆定名的标本中有 2500 种在中国以往未见，1800 种为未记录的新种。

傅礼士（George Forrest）：苏格兰人，由英国皇家植物园派来采集，自光绪 28 年起，8 次出入中国，收集植物材料 3 万号，6000 余种。在滇西南采得大树杜鹃木材圆盘，陈列于大英博物馆。

韩马吉：奥地利维也纳自然历史博物馆馆员。1914 年来华，在云南采集了大批植物标本，后编《中国植物纪要》。

1919 年，中国人才走进了这段历史。1919 年，钟观光沿滇越路入云南采集植物标本。之后又有蒋英，1930；蔡希陶，1932—1934；陈谋及吴中伦，1933—1934；王启无，1935—1936；俞德浚，1937—1938。其中蔡希陶是我国第一位到云南进行大规模采集的植物学家。

1932 年他只身从北平取道四川宜宾，从大凉山进入云南，之后他在云南崇山峻岭中的险途无人能知，只有一张与不知名向导的合影、数万份植物标本成为历史见证。

路上，有常人、凡人、庸人一生也难得一见的人间万象。在巴布彝山，他冒着感染病毒的危险，给哈尼族老乡治病；大雨中，他困在林中人家，观察着边境人的日常贫苦，体验着奇异的山花林木，他一度燃起了自己的文学梦，他真想放下植物，去描写那些只有他才有缘得见的底层社会的悲欢。

其实，从 1933 年起，他就向郑振铎主编的《文学》投稿，《普姬》《四十头牛的悲剧》《爬梯——一个赶马人的日记》《四川的巴布凉山人》等短篇小说，让人一窥边疆民族生活的独特气息，边疆人、底层人的善良和不幸。

他的文学作品里，有猎人、樵夫、菜园果园的耕耘者、赶马人……

当鲁迅见惯了那些越来越坠入自我观照的精神旋涡，越来越变得视野狭隘的文学时，发现蔡希陶的文字将目光投向了广阔的外部。鲁迅一面读，一面红笔加圈，对作者如此大胆地深入赶马人的生活，赞许不已。

蔡希陶是怎么做到的呢？他在作品中不是以作家的身份在创作，而是以主人公的身份在生活。他把对植物的兴趣放到文学中来，他的作品不是文字的综合，是他的行动派生出来的，是关于大地、动物、植物、生态的考察记录、观察记录。如果硬把它们归类，应该归为自然文学。自然文学在本质上是人对自然的观察史、理解史、关系史，就像法布尔的《昆虫记》，首先是科学作品，同时也是文学作品。

他的文体和风格，都走出了"象牙塔"。因为，自然文学作家访问的对象，如梭罗所说，"不是一些学者，而是某些树木。"他们在作品中留下的，不仅仅是作者的笔迹，还有足迹。这种与土地接壤的文学，使用的是与之相应的"褐色的语言"，朴实如泥土，清新如露水。

他说："我到云南，工作任务虽然是采集植物标本，但是我的兴趣却是少数民族的人情风俗，云南的虎豹野兽和小型马，云南特有的马帮生活，以及其他一切和我从小所熟悉的城市生活完全不同的事物。这样，我在云南就靠一双脚走了三年，把这个省东南西北的高山峻岭都跑遍了。我在旅途中的同伴，离不了一匹马、一条狗、一只猴子，天天在深山中移动，也不感到寂寞。做了一个游动的鲁滨孙。"

有了这几年的山中经验，无论到哪里，他都不会忘记荒野，科学上的成就、写作上的成功，都不能改变他出自性格的追求。

他的灵魂也已经感知到了，那些被他喊开了山门的植物资源，也张开了口，呼唤着他的名字。

他在几年时间采集的两万多号植物标本中，新品种就有200多个，他得对那些吃野菜、住山洞、出高山、入深林，采集到的植物标本负责，他得带着云南的珍贵植物标本资料回到北平。

时代的拐点，又一次以大浪压顶的方式，猝不及防地扑来。1937年7月7日卢沟桥事变爆发，战火燃到了华北。北平的各大机关纷纷南迁，北大、清华、南开三所大学也南迁了。

静生生物调查所的大楼被日军看中，改为后方医院。仪器、图书、标本、家具，大部分被日军强占，这个民间科研机构岌岌可危，急需在昆明成立一个后方工作站。他们选择了昆明北郊的黑龙潭，筹办云南农林植物研究所。蔡希陶艰苦的日子，也随着战争的爆发而到来了。

1938年，蔡希陶在完成了三年的采集后，被胡先骕再次委派赴滇，组建一个后方基地。

蔡希陶带队，于1938年2月到达昆明。这次他带来了妻子，之后他的三个孩子出生，他的一家彻底在云南落户安家了。

他在开满杜鹃花、山茶花，人烟阒寂的未开发地，将北郊黑龙潭的一座庙宇，变成工作站，创建了"云南农林植物研究所"，即今天的中科院昆明植物研究所的前身。在战乱时期，这里安置了一批又一批逃难来的科学家，蔡夫人向仲的兄长、在西南联大和北大任教的历史学家向达，以及那个时代的诸多翘楚，都拥挤在这里。

他还在这里建立起一个几十平方米的展览室和图书馆，展示着他从云南的千山万壑，做了三年"采花委员"，冒死采来的十几万份标本，无偿地供老师学生们研究。

黑龙潭的那座庙里，保留住了一支科研队伍，一大批珍贵的图书、标本、科研资料，成为今天昆明植物研究所标本室的基本家底。常常带着西南联大的学生到农林所实习的吴征镒，把农林所誉为"那时的植物学最高学府……旧中国的一个植物分类学活动中心"。

战乱时期，蔡希陶成了研究所唯一的研究员，他接过了命定属于他的这副担子。你想啊，在战乱岁月，一个没有经费的研究机构，该怎么生存？

但，他是一个有办法的人，他是一条硬汉。为了农林研究所八名员工的生计，为了维护十多万号植物标本，他绞尽脑汁，跟朋友集资办农场，种蔬菜、种烟草、种茶花，到城里出售种子、鲜花、盆景，在街上开设了一爿鹦鹉店，出售云雀、鸽子、兔子、暹罗猫、小狼狗，维持着起码的生计。

奇怪啊，植物但凡到了蔡希陶手上，就变得极富魅力，奇花异卉，异香牵人；动物但凡到了他的身边，就变得乖巧伶俐，鹦鹉会帮着他招呼："客来啦，递烟端茶。"

他在困境中引种栽培了从美国引进的"大金元"烟草，那是他在那极端困苦的岁月里，不得已的谋生成果。歪打正着，成为后来享誉中外的"云烟"。据当事人回忆："有一天，陈焕镛从美国弗吉尼亚州给他寄来一小纸袋种子，装在信封里。这是特别名贵的烤烟'大金元'！他们在富有腐殖质的好土壤中培养'大金元'，引种栽培试验获得成功，'大金元'轰动了昆明。"

听说美国一个科学研究机构想购买一批云南的山茶花，他跑遍昆明的大街小巷，去收集茶花寄去。没想到美方汇来了 900 美元，他没用这笔难得的巨款去添补生活，而是买下了 100 多亩土地，扩大了农林所的科研种植基地。

1945 年抗战胜利，迁滇的单位纷纷回迁，北平静生生物调查所的人员也纷纷返京。蔡希陶也完全可以回去，但他选择留在云南，独立支撑。

留下来，就得面对困境。为什么他一生的每个节点都去拣最重的担子挑呢？因为他真是有着那种向着令人畏惧的目标无畏进发的精神。

他的朋友回忆说："抗战胜利，从内地像潮水退回海滨的千百万人复员回家后，鹦鹉商店关门了。他们种蔬菜，除自吃之外，在街上开了蔬菜店。蔬菜品种多，很受欢迎。不知怎的得罪了国民党地方势力，若要开店，需登记、立案、上税，总之敲诈勒索，让蔡希陶年底又没钱发工资了。于是他推了一车胡萝卜上街叫卖，卖回来还是两手空空。"

1950 年，云南解放，云南农林植物研究所改为中国科学院植物研究所昆明工作站，他完整地保存住了黑龙潭的家底，完好地交给了新成立的中华人民共和国。

中华人民共和国成立后的工作站，蔡希陶仍任站主任。那可不是他功劳的安歇点，他的人生开始转向另一个同样艰难的领域：为新中国寻找植物资源并进行开发。

1951年8月初，刚刚诞生的中华人民共和国召开了橡胶会议。他的昔日好友，时任北京市副市长的吴晗曾荐蔡希陶任北京动物园主任。按理说，这很适合他。但他认为，当时最需要的不再是自己对动物的爱好，而是祖国对橡胶的需要。为了抗美援朝，新中国要大力开展橡胶树种植，他开始为找到三叶橡胶宜林地，再征山野。

他是那个无我的真人，个人的祸福成败都不介意，和同事们在边境地区不顾国民党残匪出没，两个月走遍了滇西南的大小坝子，终于找到了橡胶树和宜林地的线索，证明了在中国北纬21度至23度之间的广阔土地上，是适宜橡胶树栽培生长的，结束了中国无橡胶宜林地的历史，打破了西方国家对中国实行的橡胶禁运。

1958年，他在西双版纳建立了中国科学院热带森林生物地理群落定位站。同年，中国科学院昆明植物研究所成立，吴征镒任所长，蔡希陶任副所长，他们一起制定了"花开三带，结果八方"的规划。

1958年，他率队进入莽荒的西双版纳，在一片原始森林中筹建中国科学院西双版纳热带植物园。

1959 年,他创建了中国科学院西双版纳热带植物园。

1965 年,他在横断山干热河谷建立了元江热带经济植物引种站。

……

我从这些年鉴里,体会着他。每个年轻人都可能在未知的命运中与艰难不期而遇,但他的经历实在太特殊了,终其一生,都与各种开创、艰难的生计、莫名的灾难为伴。他总是自我肯定后,再重新出发。

最后,那个早年离开京城的青年,那个喜欢大地、动物、禽鸟、天空、星辰、树木、山岳、河流的灵魂,终老云南。他为之付出的所有时间都是有重量的。

八、啊，拓荒者！

早在 1956 年，有了创建热带植物园的意向后，蔡希陶就在全云南低纬度低海拔地带跑过四五千千米，勘测过多个点，单景洪市的允景洪一县，他就勘察过十多个点，最后，把园址确定在距离允景洪县五十余千米之外的大勐龙镇。

植物园在大勐龙镇设立了三个月后，蔡希陶便发现不理想。他提交了《关于站址及其现存问题的报告》，陈述原因：由于龙山林离村寨很近，从景洪市到本站的道路无法通行。几个比较典型的热带雨林片段，将被大规模的橡胶种植园所包围。大勐龙镇太靠近边境，交通治安都成问题，安全不能保障，作为热带植物园难以继续发展。

他提出移址，决意在远离城市之外，寻找园址。

说起那段日子里遇到的危险，冯耀宗回忆：在大勐龙的日子，没有一天是安宁的。国境线上国民党残匪的枪声不断，周边农民为土地问题争论不休，猛虎野豹时常出没，搞科学研究还是要有安全的环境。一天，蔡老按捺不住焦急，说他已经向所里提交了报告，热带植物园需要重新选址搬迁！没几天，蔡老告诉我们报告通过了，他为此激动得像个孩子。我们便开始了漫漫寻"园"路。先到了曼听，那里有白塔、缅寺和水池，却没有原始森林；我们又听说允景洪县附近的石灰窑有原始森林，抱着很大希望，匆匆赶过去一看，那里已经变成了农场！后来，我们还在附近找了很多地方，最后都是失望而归。无奈之下，我们决定前往东南方向的易武县碰碰运气。

似乎，植物园选址在葫芦岛，也是天意。那天中午，开车遇上一个穿着中山装的人，原来是刚去州里开会的易武县副书记周凤翔，在路口等着搭顺风车。车上，大家聊了起来。"你们在为植物园选址！"周凤翔激动起来，说，"我们那有个葫芦岛，岛上七分森林，三分农田，天设地造的植物园啊。"周凤翔介绍起葫芦岛周边的地理环境，大家跟着他乘坐独木舟，踏上了葫芦岛。

坐独木舟登岛的蔡希陶，放眼一望，胸怀顿开。整个岛三面环水，一面依山，好一片郁郁葱葱，时值攀枝花开，簇簇的火红散落在绿海，岛上全是起伏的大片热带沟谷雨林、季雨林，只散居着几户以摆渡、捕鱼和种地为生的傣族人家。

真是踏破铁鞋无觅处，得来全不费工夫。就它了。

1958 年，蔡希陶站在老林覆盖的石灰岩高山，望着罗梭江勾出的葫芦形半岛，像一个群山间的牧人，俯瞰山谷，脚下，是滔滔流过的罗梭江。

澜沧江浇灌着一片片美好的土地，它的支流罗梭江分割了这片土地。给它留下个葫芦岛的芳名。

蔡希陶抒情道："这是热带植物物种最丰富的地方，是科研最好的场所。"

人类文明的起源与发展，莫不依水而生。从两河流域的古巴比伦文明，到黄河长江两岸的中华文明；从尼罗河沿岸的古埃及文明，到恒河之滨的古印度文明；从爱琴海畔的古希腊文明，到墨西哥湾的古玛雅文化……皆是因为有了水，而我们，有这一江如带绕的罗梭江。

他初次登岛，遇到的是黑黑瘦瘦的，十七岁的张绍书，单薄的身子，在江风中，撑着一艘独木舟。他们这一遇，也是一场生死，后来就是那少年，把他的一半骨灰，安放在植物园的血竭树下。

岛上，到处是鸟喙啄橡木的声响，动物走动、吃草和咀嚼果核的声音。哗哗的波浪声、草虫的微吟、野牛的低吼、鹧鸪的轻啼，充满温良和粗犷的和谐。

一阵风起，将这些碧蓝、翠绿、粉红的花团，翻成各种颜色的彩浪，汇集着各种声响。

每逢河水上涨，每当风暴刮倒一片片森林，那些连根拔起的树木便汇集到河的源头。不久，树身结上污泥，缠满藤葛，杂草丛生，残骸终于板结起来，又被激流冲走。

河的两侧开满睡莲，一条条绿蛇、幼鳄游弋，一只只青鹭、红鹳欢飞。造物主将大批鸟兽安置在这蛮荒之地，使之充满生机和魅力。

偶见到一头老野牛，仿佛是河神，劈浪游向河中的荒岛，那富饶的野岸。

葫芦岛不知道自己有多么幸运，因为在地球所有隐秘的角落，它是唯一一个被选中的。

但凡建植物园，一般而言，会建在基础设施良好的地区政治文化中心，西双版纳以景洪为中心，理应建在景洪。将植物园设于荒野，无疑是在冒险。

蔡希陶理想中的植物园是可以就地引种植物，有各种植物各得其所的栽培园地，野生和人工栽培能相互参照，他是将植物放在首位的，如此考量，自然会有不同意见，但蔡希陶坚持己见。

他和吴征镒双人双骑，深入到有老虎出没的小勐仑，最终，他选定了小勐仑，选定了被罗梭江环绕的葫芦岛。

这是一种野性的实践，他以亲身的经历，将葫芦岛的崇山峻岭作为"重新安居"的场所，从保护生态平衡的角度，将栖居的一方水土与整个生态联系起来，展示出了诗意的"重新安居"。

1959 年，他与邀请来的苏联专家实地踏勘，翻山涉水，穿越荆棘，绘制出万分之一比例尺的地形图，他们都觉得被罗梭江环绕的葫芦岛得天独厚。经过上下复议，确定了这个新址，做出了对植物园的总体规划。

蔡希陶在葫芦岛的草房里跟大家商讨，这里是少数民族聚居地，要想和当地人和谐相处，需要一个当地的行政干部，他决定，去思茅地委要人才。他在一大本花名册上，选定了周凤翔，"他有眼光，指引我们找到了葫芦岛"。

1959 年，中国科学院西双版纳热带植物园，在西双版纳傣族自治州易武县勐仑区葫芦岛上成立，蔡希陶是创始者，是园主任。

1960 年 2 月，蔡希陶带着先遣队，一群刚刚从大学、中学毕业的年轻人，再乘少年张绍书的独木舟，横渡罗梭江。岸边，鳄鱼似的巨大水蜥蜴，躺着在晒太阳。

徐迟笔下的蔡希陶是这样的："骑着大马，胸前插了两支手枪的蔡希陶，就像双枪老太婆似的，出入热带雨林。""他现在不再是小伙子了。半百之年，身体渐渐发胖，戴着一副玳瑁框眼镜。"

开创基业是艰难的，登岛的人，顶着热带的骄阳、冒着暴雨，在密林中与毒虫猛兽为邻，俨然一首惠特曼的《大斧之歌》：

斧头跳起来了！

壮实的树林说出了流动的言语，

它们跌撞着，它们站起，它们成形……

形状出现了！

所有被拓荒的土地，在最初都有着凶猛的力量和野性的美，不愿有人来干扰它，不愿留下人类奋斗的痕迹。蔡希陶是懂得怎样对待它的人，让它从沉睡中醒来、舒展，于是这个岛屿，第一次，有人带着爱和渴望面向着它，他感到同它发生了一种新的关系，感觉到这片土地，正在那蜿蜒的、粗野的土岗下躁动着。

在原始雨林中，带着一把锄头、一把带有长柄的刀、一顶遮阳避雨的竹帽、一件用白帆布做成的围裙，这群拓荒的人"双手劈开葫芦岛"，刀刃闪闪发亮，没有一点锈迹。

创业，不是单纯的模仿，而是开拓。一切开拓，绝不是量的增添，而是从无到有的质的飞跃。

第一次，他离开京城；第二次，年过半百，他离开省城，离开艰苦创业 20 余年初具规模的昆明植物研究所，来到葫芦岛，来这上演创建热带植物大本营——中国科学院西双版纳热带植物园的黑白胶片大片。

在葫芦岛，蔡希陶是规划者，也是"后勤主任"，岛上没地方住，就用茅草搭建，刮大风时，蔡希陶和大家一起抱着柱子，上演一幕"茅屋为秋风所破歌"；下大雨时，和大家一块忙着挪床铺；没有厨房，就搞野炊；没有粮食，就向当地群众买谷子；没有碾米房，现代科技工作者们就用千年的土办法舂米。这一群领了科学执照的猎人，在黑压压的原始森林，自己修路，种菜，办起养猪场、养牛场、采石厂、砖瓦厂、石灰厂，一个植物园不分什么科室，只分修路组、烧砖组、蔬菜组、养猪组，在荒芜之地盖起砖木结构的瓦房。

他组织建立起了岛上的社会服务系统，职工人数增加，从衣食住行到生老病死，所需的社会服务系统都要靠自己创办。从托儿所、幼儿园，到医疗卫生、水电设施都逐步建立起来，一个社会功能基本配套的小社会逐步成型起来了。

他在什么时候都会发现生活的乐趣。呀，青藤穿过了竹笆墙，爬到床头了；竹床下砍掉的树桩又发芽了；马鹿跑过去啦，豹子偷吃小猪啦；拖回一条大蟒蛇啦……

张育英的回忆里有一块烫手的砖：茅草屋太危险了，遮不住热带的狂风，也挡不住热带的暴雨，得盖砖瓦房。白天，大家按照各自的分工，各尽其责，到了晚上，所有人一起出动帮忙盖房子。

一天晚上，我用背带裹着尚小的孩子，跟着蔡老一起去搬砖。"这鬼天气，太热了吧。这砖已经晾了三天了，还没凉下来！"我说，"怎么办？前头正等着砖砌墙呢！"

蔡老走上前去，用手摸了摸砖，说，"不行，太烫！大家戴手套传砖吧，前头等不及了！”

基建的负责人给大伙发手套，谁料手套竟不够，后面还有十多人没手套呢。

“这可咋办？”蔡老把他的手套递给了另一个人，幽默地说了一句，“没关系，这砖烫手是吧，那大家必定传得快咯！”

我冲着蔡老哈哈一笑。

果然，那晚传砖的速度，比平常任何时候都快。

王月写文追忆姥爷蔡希陶：

十四岁就来到葫芦岛的“小崔”说他来到岛上，每家自己砍木头和找茅草盖自家的伙房。他的任务是烧砖。烧砖用的泥就是岛上的红土，为了增加黏性还要让牛不断在泥上踩。师傅教他掌握烧砖的火候，师傅喊：“添柴了。”他就一个劲地往窑里塞柴，头都不抬地往里塞，到了最后需要几个人一块往窑里扔柴。

这些老员工们说起那场轰轰烈烈的大建设时，他们脸上都闪耀着兴奋的红光，就像当年那烧砖窑里噼啪作响的熊熊大火映在他们黝黑的脸庞上。

打开《植物园园志》，一年间的业绩是这样记载的：修建砖柱、瓦顶、土坯墙的房屋 3300 平方米，养猪 108 头，养牛 60 头，养鸡数百只。

开拓，是人类发展史上不断重复的古老故事，平凡而惊心动魄。他们背井离乡，来到一片原始荒野，筚路蓝缕，创业维艰。有人壮志未酬，有人中途倒下，有人知难而退。胜利，最终属于毅力、能力和智慧都超群的人。终于，他们用双手建立起美好家园，人也在搏斗中得到了自我实现。

几十年前，那些开垦荒岛的人们，那种踏实苦干，不断用手用脑的创新，那被火光照亮的充满自信的脸膛，勇往直前的精神，是他们带给葫芦岛的珍贵贡献。

在岛上，要经受潮湿和疲劳的考验，最要命的是，热带雨林的"三蚂（马）"——蚂蟥、蚂蚁、马陆虱。被这三种毒虫叮咬的人会坐立不安，那种小蚂蚁的蚁酸像浓盐酸一样，人被咬到后必须马上处理才行。它是从树上被风吹下来的，没有办法防备。可以说，人在雨林里完全无法休息。

看到屠呦呦获诺贝尔奖的消息，管康林说："我们那时做的一些工作和屠呦呦比较类似，也接触过青蒿，是用来做'驱蚊剂'的。那也是一项国家任务。当时，解放军在珍宝岛上受尽蚊子折磨，国家要求我们搞'驱蚊剂'研究。我们把蚊子养在纱笼中，然后在手上涂各种各样的植物汁液，把手伸进纱笼，看蚊子叮不叮，当时就用青蒿做过实验。"

被叮，多年来都是他们记忆中最鲜亮的一笔。白天，伐木、砍草、进深山、找种苗、开苗圃；晚上，燃篝火、制土砖、盖草房、烧炭、熬胶、制作植物标本。蚊虫无处不在。

生活中一天也少不了希望。一块当桌子用的石头上，摆着一盏自制的煤油灯，是将棉花搓成灯芯插入盛满煤油的墨水瓶，便成了灯。夜风吹来，火苗能蓦然之间蹿到一尺多高，有的人头发被燎了，有的人胡子被燎了，引起一阵笑声。他们围着灯火，讲述着美妙的故事，白天的辛劳置之脑后。蔡老和几个年轻科技人员围坐，讨论究竟要建一个什么样的植物园。

在他身边的李延辉回忆：讨论一开始，蔡老先抛出有关建园的几个关键问题。"植物园未来的方向和任务是什么？""具体我们要怎么建？"年轻人踊跃发言，热烈讨论。蔡老说："我们现在对岛上的具体情况一无所知，所以，我们要边建园边规划。那怎么建园呢？英国皇家植物园当年建园是从种花种树开始的，但这种模式不适合我们。这里本身就保留了原始的植被类型，所以，我们要在保护的基础上加以改造——从砍树开始！"

当然，在大斧砍下去之前，他是有考量的。

"我们要砍的是那些多而杂的植物，珍稀的、有价值的物种得保留。"蔡老补充道，"我们要边建园边科研，开荒时一定要留心观察植物，随时思考课题！"

弄清楚植物的身份后，才挥动砍刀，先砍倒挡路的灌木、大藤本植物，再用小砍刀，修剪茅草、野竹，一步一步往前移动，一条一条线地往外砍。饿了，就着咸菜吃口糯米饭；渴了，喝口竹筒水；累了，隔着茅草、丛竹来段山歌对唱。

"蔡主任，这棵榕树正好在这块规划地正中间，要砍吗？"有人问。蔡老望着眼前这棵枝叶浓茂的大青树，沉思了很久。他想起了当年在某棵大青树下和傣族同胞们一起唱赞哈调（傣族的一种歌曲形式），一起热情欢呼"水水水，水水水"的情景。明白大青树在傣族人心中具有何种神圣的地位，逢年过节总会对它顶礼膜拜，高大的大青树背后一定隐藏了很多故事！于是说："别砍，留着吧。"

一天又一天，他们砍出了一片又一片试验地，砍出了标本馆、药物区、人工群落试验区。热带植物园的雏形慢慢显露出来了。

张育英回忆和蔡老一起砍树建房的事：每天清晨，天空白肚微露，蔡老便和我们一起整装待发了，腰上别着两把砍刀，一大一小，背上一天的伙食——糯米饭、咸菜和竹筒水。到了预先规划的地点，我们先调查这一片有哪些植物，蔡老带领一批青年植物学工作者和当地兄弟民族工人，白手起家，自己动手，自建房舍。奋战 20 天，修起全岛最初的 7.5 千米简易公路。大家住的全是自己搭建的茅草屋，下大雨时必须扶着那些随时会倒的"墙"。每一次洪水袭来之前他们的重要任务就是抢救菜地里那些供养着全岛人的蔬菜。洪峰袭来，他们又亲眼看着那些刚修起来的土坯房被大水卷走。

1966 年 1 月，管康林从北京植物所调到西双版纳热带植物园工作，他回忆道：植物园已经初具规模。葫芦岛上热带风光旖旎，罗梭江碧水环绕，冬日里可下江洗澡，让人快乐，但这种原始生活，也让人失落，与北京差距太大，只有有志献身科学事业的人才能坚持下来。

那时，我们这些科研人员大多三十出头，有一股干劲，在蔡希陶的带领下，做了许多项国家任务和应用课题，取得了很大的成绩。包括对美登木抗癌药、十四碳脂肪酸、龙血树血竭、瓜尔豆胶、砂仁、再生稻的研究等。

有年轻人感叹："勐仑的太阳晒干了我的青春。"蔡希陶却说："这是我此生最钟爱的岛屿，我待在全世界我最想待的地方。"

他头戴草帽，身着布衫，奔走于田间林野，住竹棚草屋，建最美的植物园，干开天辟地的事情，这对他来说是最幸福的事情。他鼓励年轻人："在西双版纳，一屁股坐下就能压倒三棵药草，一打开窗户就可以找到研究课题，我们坐在金山银山上呢，多么的丰盈，到哪里去找啊？"

他热爱新鲜事物，热爱多样性。如今，置身于这个处处令他惊喜的地方，他祈祷：让我成为一个探险家、一个探索者、一个创始者、一个开拓者，让我带着标本盒、植物采集罐、放大镜、笔记本出发，并且，请赐给我几个世纪的光景。

为什么他会有这种惊人的乐观主义态度？因为，对研究生物多样性的人来说，在热带雨林，可做的事情太多了。晚上，在热带的高山上漫步，他把树枝树叶堆积起来，燃起一堆大火，在旁边看着它们燃尽。那个时代也像是这样的一堆大火，有着势不可当的火焰。

徐迟问："蔡希陶呵，你为什么要离开昆明这银桦闪闪的美丽城市，抛弃那舒适愉快的物质文明生活，跑到这莽莽苍苍的原始森林来？……你所采集到的几十万号植物标本，难道还不够你后半辈子从事科学研究，对中国和世界植物志作出辉煌的贡献么？"

蔡希陶回答："居住在城市大厦中很难接近植物，所以我就移樽就教到植物茂盛的山间密林附近去居住和工作。"

这个肉体上已变得衰弱的老人，虽然并不是地理大发现时代以来，那种与自然对抗，延展人类足迹的传统探险家，却和他们具有同样的精神内核：不被打败，心里暗流涌动，驱动着自己不断上路。

"科学研究最基本的条件是自然界这一对象，我们决不能离开这个条件去奢谈其他辅助条件。"蔡希陶这样说。他视这个岛为一个无限多样性集于一身的整体，其中有着不可胜数的种类、等级、个性，复杂而多层次，却整齐有序。

葫芦岛与外界相隔，形成了一个植物资源开发、利用、保护和进行生物学研究的理想地。土生物种，在这里彼此交流，进化出独特的生态系统。这样的生态系统符合蔡希陶所说的理想中的三个特点：多样性、和谐性、可持续发展性。

有人说过：人生中最重要的决定不是你做什么，而是你不做什么。人生有限，不要把时间浪费在其他事情上，要有勇气不做其他更有诱惑的事情，尽可能做"增量"，少做重复性工作。

他真幸运，能有多少个第一，等着你去开拓？万一各位对目前的按部就班厌倦了，想去寻找一个新的岛屿，做一个开拓者，去探访一方原始乐土，这样的一次机遇之后，你会发生怎样的变化？

许再富与冯耀宗，回忆起蔡老智防牛害的趣事：从国内外引种的植物，刚刚在葫芦岛上落户，竟成了"野牛"的美食！原来，周边村民喂养的水牛，除了耕作时节要找回来耕地，一年大部分时间都是放养野外的，一头成年的母牛放出去，等找回来时，后面一般都会跟着一头小牛！

这些野牛吃腻了周边的野草，总会泅渡罗梭江，来葫芦岛上找新乐子。

"药物区的小苗又被野牛吃掉了！这一年的心血全报废了！"

"我们刚种的木薯，被野牛给践踏了！"

"东区的橡胶苗竟被野牛当成挠痒痒的工具，可怜的小苗，哪经得起这样的折腾啊！"

"让人头疼的是，这些野牛练就了一身跑、跳、跨栏的好本领，我们的防牛沟和铁丝网根本不管用！”

"最可气的是，那些村民竟将我们的铁丝网夹断，不仅方便他们自己进来开垦自留地，还方便他们的野牛直接进山！"

听着大家的种种抱怨，蔡老问："你们可有啥好法子，来治治这些野牛？"

"依我看啊，养狼狗，赶野牛，吓几次，野牛肯定就不来了！"

"对，我们对牛放鞭炮吧！"

蔡老摇头说："这些建议可能会暂时解决牛害，但违反我们的民族政策。我们要智防，最重要的是要从根本上防。"

蔡老提出在野牛进出的关键口建"梅花桩"，人易通过，牛无法过；建议在江边种植一种长得极密集的"灰竿竹"，作为防牛竹墙。

蔡老说："老百姓不知道我们这'葫芦'里究竟出的什么药，所以才会破坏我们的铁丝网。我们要早点'出药'，早点将这些'药'惠及他们，老百姓尝到甜头了，自然会主动保护我们的基地！"

在蔡老的智防策略下，没几年，葫芦岛的牛害问题彻底解决了。

队伍一天天壮大。1965 年，葫芦岛职工已达 269 人，其中科技人员 108 名，建立起植物引种及经济植物研究室、植物分类及植物资源研究室、植物化学及植物生理研究室、植物试验群落研究室等，“学茂物，赶皇家”，蔡希陶雄心勃勃，精力旺盛。

六年的艰苦劳动，使西双版纳热带植物园初具规模，他们把图纸上的规划落到地上，辟地一千多亩，引种来自我国和亚非拉的珍贵植物一千多种。从三间茅草屋，到苗圃和菜园，再到试验地、标本馆、药物区，他面对落在大地上、没有署名的这篇论文，赋诗《咏勐仑植物园》：

群峦重重一霍平，万木森森树海行。

一江碧水西折东，勾出半岛葫芦形。

咖啡苗壮枝叶茂，木瓜行行如列兵。

谁说中华无热带，大好河山满金银。

至此，蔡希陶被称为“勐仑热带植物园之父”。

他在傍晚和深夜，长时间漫步和观察，像一个旅行者在一个陌生的地方，一边步行，一边留意着树种。葫芦岛是他要破译的一本书，一本关于植物、昆虫、矿物、文学的书，也是他的一个矿藏、一个图书馆、一幅地图、一部万物的名册。

九、划船者与挑担者

在"西园谱"陈列馆，看到一张黑白照片，十几个年轻人，赤着脚，高挽着裤腿，脸上洋溢着 20 世纪 50 年代特有的青春笑容。段其武说："你看，照片上那个烧火的年轻人，当时只有 17 岁，他就是张绍书，园里 1958 年的第一批工人之一。"

他顺便讲道："张绍书的小名叫三百，那是一个哈尼族的名字，一次，园里派他出差，介绍信上说：'兹有我园员工三百，去你宾馆入住，请接待。'宾馆大吃一惊，三百人可住不下，哈哈。就是他，蔡老临终时，他在身边，安放骨灰时，也有他，他的孙子就在我们组里上班。"

我与小依，去勐仑植物园小区里，寻访张绍书。

从西双版纳热带植物园去往他所居住的小区，先要穿过吊桥，渡过罗梭江。

罗梭江，源于普洱境内，顺流南下，经勐仑，流入奔涌的澜沧江，在勐仑境内，由北而南，蜿蜒穿绕在葱茏险峻的石灰岩群山，因为遇到绿石林石灰岩山体的阻隔，转向西流，经勐仑镇，依地势向东，到了西双版纳的勐仑坝子转了个大弯，勾出一个葫芦形半岛。

我看到的罗梭江，因雨季而浑浊着，对面有山，山上有树，有橡胶林，桥上有河风，桥下有沙滩，桥头是百花园。

我尤其喜欢吊桥边的棕榈，喜欢在桥上看夕阳，看沉静的罗梭江，流向另外的国度。

世界第六大河、亚洲第三长河澜沧江，在境外叫湄公河，被誉为"东方多瑙河"，流经中国、老挝、缅甸、泰国、柬埔寨、越南，汇入太平洋。

我在江边久久不愿离开，体味着人与生俱来的亲水性，所谓"万物源于水"。

自古以来，勐仑的罗梭江大拐弯，就是商贸跨江的渡口，带着普洱茶南下老挝和泰国的商队，均在此登船渡江，通过骡、马、牛把普洱茶等物资运输出去，吊桥所在的大体位置，就是茶马古道的古渡口之一。

20 世纪 50 年代末，蔡希陶将植物园选址于此。建园初，岛上有几户傣族人家，从事渡船营生。据说，吊桥头的那棵老酸角树，就是由当初古渡口的傣族人家所植，古树下则是商队的歇脚地，这古树已是茶马古道渡口的遗物了。

如果时间是有重量的，那么江水是因涤荡了多年，才变得这样浑浊的吗？

当年，西双版纳热带植物园进驻葫芦岛后，进出都靠渡船摆渡，遇到急事或人员突发疾病，要冒险渡江，几位职工就淹死在罗梭江凶猛的波涛中。蔡老多少次在这里送战友，叮嘱着，雨下多了，坐独木舟过江太危险。有一次外出买菜的人也葬身江中。于是，中科院决定拨款建桥，经过一年奋战，一座现代化的钢索桥于1966年建成，罗梭江结束了古渡口艰难的渡江历史。1985年4月，勐仑遭遇了一场龙卷风，铁索吊桥被狂风掀翻，落入江中，被冲走。之后，又建了一座竹子浮桥，横跨江水，浮桥依江水上浮或下沉。到了1987年，再次建了铁索吊桥，使用至今。历史上不同版本的植物园门票，一直都有吊桥的丽影。那时候，这密林深处的植物园，满园芳林，引得全国各地的科学家、诗人、学者，纷纷来采访观光。到桥上合影的，有过丁玲、白杨、周光召……蔡老热情地接待，领着大家参观从世界各地引来的700多种热带植物，有火焰树、巴西轻木，它们十多天就能蹿高几尺。

1951年，农业部部长何康与蔡希陶骑马考察云南，向周总理提供发展橡胶业的可行性报告。何康有过一段这样的描述："来自海南的考察队，20余人挤在一辆卡车中，云南的山区公路，都是沿半山腰修筑的，道路狭窄，人在卡车上看不到旁边的路，只见路下方的陡坡深谷。有段公路被雨水冲垮了半边，司机停下车来，大家步行走过这段险路。之后我试着向前开，大家都把心提到嗓子眼。当车子安然地开过去，大家的心情就不用说了。热带作物研究所真是'舍命陪君子'！后来，能提供的食物都吃光了，连蔬菜也吃光了。好在考察任务已经完成，否则，真要山穷水尽、无粮断炊了。"

那是西双版纳热带植物园艰难的日子，客人走了，剩下的日子怎么过呢？

蔡希陶带着苏联专家，在江边遇到张绍书。他小小的年纪，单薄的身子，独自撑着一艘独木舟。

蔡希陶最主要的两段人生经历，与两个人结下了奇缘。

1931 年，蔡希陶从北京到了四川宜宾，在金沙江边，一眼看见在江边挑着担子的邱炳云，之后邱炳云跟随蔡希陶 50 年，在昆明植物所的那一棵水杉树下，安放了蔡老的一半骨灰；另外一位，就是蔡希陶初次登岛时，见到的张绍书，正在江边，驾着一叶摆渡的独木舟，渡他上岛，从此，张绍书一直追随在蔡老左右，直到在西双版纳植物园那一棵龙血树下，安放蔡老的另一半骨灰。

这，究竟是一种什么样的缘分？

我在心里理着命运的线索，看见张绍书已经在院子门外，坐在一把竹椅上，等着我们了，膝下，有一条小狗，名字叫白雪，这让我想起蔡老有过一只叫丁哥的狗。

小依问："咦，这条小狗是从哪里来的？"

"一条流浪狗，它来了就不走了，我就留着它了。"张绍书说，依然带着很重的方言。

我想，当初，蔡老能听懂他的方言吗？

他就从他的名字说起了："裴盛基在 1959 年年初的时候，在葫芦岛招工现场，问我：'你叫什么名字？'"

我说："桑本。"

"三百？姓什么？"

"不知道。"

"这不行的，我们要招很多工人，要做成花名册的，你没有姓怎么可以呢？"

"那……谁给我取个名字，我就跟他姓啰。"

旁边一个工人插了一句："那，就跟我姓张吧！"

于是，哈尼族小伙子桑本，就有了个汉族小名三百，汉族大名张绍书。

还是从那张与蔡老围坐的篝火照说起吧，那应该是个原点，能引出一条脉络。

他起身进屋，去拿照片，就是《人民画报》上刊载的那张著名的照片。

"人民画报社派人来植物园拍照两次，那次本来是要在我的船上拍的，但在船上太晃了，那时还有苏联专家。"他看着照片说，"建园后，一次次地动员招募，因为岛上有伐木队、采石队、砖瓦队、筑路队、业务组、设计组、苗圃组、水电队、桥梁队、造林队，到处都需要人啊，有当地的各少数民族，也有五湖四海的工人，为了西双版纳的基础建设，都聚集在葫芦岛上。

"跟我一起的有 58 个人，有从大队来的，也有从四川来的，1962 年最困难的时候，都经受不住困难，跑掉了，连招的哈尼族人都跑光了，只剩下我。"

我打量着他，想象他以前在罗梭江边摆渡的情形。他是一个生活在热带雨林深处的人，如果不是蔡老登岛，他会沿着固有的命运轨道，固有的生活方式，继续生存下去。

我问："你以前在江边摆渡，那个独木舟是你自家的吗？"

"不，是公家的船，我专门负责摆渡。"张绍书说，"我第一次见到蔡老的时候，蔡老看到我在撑船，就走了过来，跟我比画着，要去葫芦岛，去了解岛上的情况，他一个人，绕着江边走了一圈，我陪着他。

"第二次见到蔡老，苏联专家也来了，他们在江边，但不能一船过，一次只能坐五个人。我就划了两趟，最后那个人，他不敢上船，不敢过江。

"以后，我就一直跟着蔡老，跟着他慢慢学汉语，那时候我们种棉花、养猪，一杀猪，就把它做成腊肉，那是最美的事情了。那个时候十天休一天，休假那天，他特别喜欢钓鱼，我就跟他去钓鱼。

"那个时候钓上来的大头鱼很大，我们直接用炭火烧着吃。还有的时候，他就带我去曼俄寨子里的人家走一走，他看到有一个老百姓，家里的芒果种得好，说：'这个芒果的品相非常好。'就带了种子回来，种在我们现在的果园里。如果在老乡家住了一天，蔡老就会让我给人家一点钱，人家不要，我就塞到桌子下面。"

我问："蔡老为什么一直留着你？"

他脱口而出："他喜欢我。"

是一种奇特的命运安排，让两个人，从两个极端走到一起，蔡老把一个林居人变成了朋友，这种缘分，真是天意。

"就是大米饭太少了，集体开火，喝稀饭，大家吃不饱，在山上挖野生的山药，用洗脸盆在火上煮一大盆，野山药里放点盐就吃了。他吃饭不讲究的，吃的都是几毛钱的饭，很随便，很简单，他是一点架子都没有的，本来有专门给他建的食堂，但蔡老要跑来跟大家在一个锅里吃，唉，蔡老不简单。他喊我小三，因为我是所里派下来的三个人中，排行最小的，我呢，喊他老爹，我是哈尼族，这是我们哈尼族的叫法。后来连两个知识分子都跑掉了，更别说职工了，因为有钱也买不着东西呀，何况工资还低，工资也不够花。那时我们的工资也就是每个月十八九元，后来有30块钱左右了，那时蔡老的工资有200块钱！我们出去采标本的时候，他会拿出自己的工资来，让我们在村里吃个饭。

"这个桥没通的时候，在拐弯处有一个吃饭的地方，我们坐上一桌，大家说，在座谁年龄最大呀？原来是蔡老。从那次开始，大家就叫他蔡老了。"

张绍书接着说："我去昆明学习了一个月，那是我离开蔡老时间最长的一次。他病危的时候，我在昆明医院照顾他，开始我和护士两个人扶着他走路，他有点胖，本来身体挺好的，'文革'的时候搞坏了身体。"

我问："'文革'时，你在哪里？"

"我去北京大串联了，走了四五天，本来还想到东北去，后来听了总理报告的人回来说，有了新的精神，总理让我们就地闹革命。等我回来的时候，在大礼堂批斗他已经好几个礼拜了，他要是身体不好，就耐不住了。1971 年后他就逐步出来工作了。

"蔡老说，将来要修一座桥，桥底下的船，来往如梭。那个时候，只有独木舟，人多了就会翻。

"我们两个人爬了一天的绿石林，从早上八点到第二天的七点，干粮是包米饭、盐巴、水，没有菜。我们带一把刀，劈开竹子喝里边的水，竹节做杯子。吃的是竹叶子包起来烧的饭，用叶子垫上吃，他说，'好吃是好吃。但吃不饱，包得太少了。'我们就这样去找植物，一天下来，饿得眼睛都发绿，跟寨子里的老乡要点饭吃，那个老人家听不懂，我就翻译说，能不能给我们做点吃的？老人家就做了一顿饭，让我们吃饱了。蔡老后来会带一点水果去看老人，看了好几次。他从来不对我们发火，我们在大勐龙爬山，山太高了，天太热了，他上去以后下不来，我耐不住，对他发火说，'天天爬山，我不跟你干了，你找别人去。'蔡老就说，'那你就休息一天吧。'他跟州里的领导关系好，跟寺里的住持相处得也很好。

"他从来不喊政治口号,说的全是植物。他领着我们开荒,那个故事太长了。他很会用刀开荒,他去砍铁刀木,扛柴火,一砍就是一天。我们这个地方,那时候被称为"三蚂(马)之地",有蚂蚁、蚂蟥、马陆虫。马陆虫会钻进你的耳朵里,又疼又痒,让你流血不止。那时候,我和蔡老一起去支农,去给老百姓插秧,他也下田,我说我不去,他说,'不行,除了留个厨师送饭,其他一个不留,去帮农民插秧。'

"我们寨子里的那些老人家对他都很敬重,因为他帮百姓搞水稻,到林子里面去调查植物。你去问村民,都会说,蔡波涛太可惜了。他对百姓没有架子,用自己的钱,给老百姓买镰刀、风车,就是那种摇谷子、去杂草的风车,杂草会往外飞,他买来送给几个曼俄村的村民,他们并不懂科研,只是觉得蔡老这个人很好。

"我 1962 年结的婚,蔡老出差回来后,要送我结婚礼物。我不要他送,我已经跟他要过不少东西了,一套被子,一辆单车,他见我的被子薄嘛,我就不客气了,单车也是我跟他要的。我开始不会骑车,他说,'你不要摔死了。'结果我摔来摔去,就学会了,那个时候都是土路,土路上面都是茅草,摔不死。他还给我买过一件衣服,就在镇上的百货大楼里买的,他带我一起去买的。

"1985 年的时候,原来的那个吊桥倒了,老树也倒了,不知道是不是因为蔡老走了。

"我们这里有一个制药厂,叫血竭制药厂,就是用蔡老找到的血竭树,提炼出药来。"

这时,我昨天晚餐时夹在本子里的那片香茅草,依然散发着香味,让我觉得,对蔡希陶的回忆就有这样一种草本的气息。

"如果,现在让你对蔡老说两句话,你会说什么?"我问。

他说:"人都死了,还有什么意义?"

他又想了想说:"蔡老,感谢他,教给我工作,教给我生活,后来他还让我去民族学院读书,可我逃跑了。"

我问:"他是一个怎样的人?"

他久久地沉默着。

从张绍书的家里出来,再过罗梭江,几天都没有放晴的蓝天正好出现。一只白鹭,带着被阳光照耀的一串水滴,飞过河湾,被我撞入的声音惊起,打开翅膀,灰黑色的细腿提起、伸直,和水面保持平行。周边的橡胶林、水稻田、吊桥、河湾、竹林,它依次飞过。我在原地,久久发呆的身影,在白鹭的眼睛里,越来越淡,越来越小……

回到房间,我对着一张照片发呆。那是 1932 年春到 1934 年年底拍的,照片上蔡希陶在左,邱炳云在右。

关于邱炳云,又有一个长长的故事:蔡希陶见到邱炳云时,他正在四川宜宾的江边,挑着担子。一见之后,邱炳云就跟随着他,在云南的崇山峻岭跋涉了三年。那次他们采集到的植物标本有12000多号20多万份，是中国科学家对云南植物进行的第一次大规模调查。

邱炳云是四川江安人，老实巴交。两个姐姐先后嫁人，哥哥被抓了壮丁，死在战场，母亲气绝身亡。他孤身一人到了宜宾码头，代客挑行。人虽瘦，筋骨不差。

蔡希陶以探险家的勇气，由北平出发，与同行的两个年轻人辞别后，经京浦路到南京，改乘轮船，溯江而上，入川至宜宾。一上码头，迎上来拉生意的就是挑夫邱炳云。

蔡希陶买了两只竹篓，将采集用具装进去，笑着对邱炳云说："走走走，跟我到云南去好啦。"

真替他高兴，一路的孤旅终于有了伴。

走一路，采一路。蔡希陶教邱炳云认识路边的草木，教他采集、制作植物标本。不到半月，邱炳云就掌握了采制标本的一些基本方法。

一进险峻的大山，就前不见村、后不挨店了，荒僻之地饭也吃不上，脚上的血泡破了又起，起了又破。脚肿了，手破了，日渐消瘦，但每当发现新属新种，蔡希陶就会高兴得手舞足蹈，邱炳云也就多见不怪。

他们经盐津到昭通，住下来后，把一路上采集的标本加以整理，寄回北平静生生物调查所。然后，又折向大凉山。

大凉山山高林密，一路上可见山峰入云、林木葱茏、野草丛生，地面上淤积着的腐烂的叶子厚达数寸，压根没路。天气多变，时而浓云、时而细雨、时而晴空、时而冰雪袭人。更为凶险的是，当时的大凉山彝族还处在奴隶社会，汉族奸商的抢掠，地方军阀的“剿讨”，引起了彝族人民对汉人的猜忌和敌视。

提心吊胆的邱炳云，一再劝阻蔡希陶不要上山，以免沦为奴隶。一身猎装的蔡希陶，只说一句“不入虎穴，焉得虎子”，就闯进了大凉山腹地天鸡街，那是一部电影都说不完的故事。

邱炳云的情感也融入蔡希陶的家庭中，见证着蔡老孩子们的成长。他边回忆边说：蔡希陶送大女儿蔡渊明一匹灰褐色的小马，渊明非常喜欢骑这匹马，当时云南农林植物研究所的工人几个月都发不出工资，又赶上过中秋节，妻子向仲打算把自己的首饰拿出来卖了，蔡希陶则决定把女儿的马卖了。

渊明一大早冲到平日拴马的大树下嚷：“爸爸，马呢？”

除了地上的马蹄印，哪有马的影子啊。蔡希陶和我闻声出来。

“今天不骑马，好不好？”蔡老说。小姑娘哪里肯依，哭得很伤心。

蔡希陶对我说：“让她哭吧，过几天就好了。”我给渊明擦着眼泪，蔡老硬着心肠牵马去卖了。

1981 年 3 月 9 日傍晚，蔡希陶在昆明逝世。3 月 12 号是全国植树节，他的遗体同日在昆明火化。

从 1931 年起在四川宜宾金沙江边开始跟随蔡希陶 50 年的邱炳云，已经是昆明植物研究所的老工人了，他挥动着锄头，把蔡希陶骨灰的一半播撒在了蔡老亲自从湖北移植而来的水杉树下。

一个热爱生命的人，一个植物学家，终于在一年一度的植树节那天，化身为树。

每年的开春，每年的植树节，无论对他，还是对整个世界来说，都是如此新绿。

两次上路，两次遇见，两棵树，两个人，两场葬礼。

十、植物学，离百姓最近的学问

在 20 世纪 80 年代以前，蔡希陶是西双版纳热带植物园唯一的研究员，但现在植物园中人才济济，就像段其武说的，蔡老的一大功绩，是培养了人才。

从一登岛，他以"在西双版纳，一屁股坐下就能压倒三棵药草，一打开窗户就可找到研究课题"的乐观与前瞻，激励年轻人，白天与他们同吃、同劳动；晚上为年轻的科技人员讲植物学课，开设英语、植物拉丁语培训班，为他们修改论文，带他们到热带雨林科考，到少数民族村寨进行民族植物学调查，到试验地参加实践，到实验室做实验。他的学生中，有三名分别成为我国有名的植物生态学、民族植物学、保护生物学专家。其中之一的裴盛基说："蔡老，是我在民族植物学道路上的引路人。"

采访裴盛基先生之前，我做了一些案头梳理工作，有几个元素，形成了我对他们师生缘的感知。

是裴先生从傣族的传统中发现了高能薪材铁刀木，由政府在各民族村落推广；他是神山保护观念的提出者；他是最早为少数民族刀耕火种辩护的科学家……

裴盛基在一段访谈中谈自己："我在西双版纳丛林待了27年，和当地人一样也要砍柴生火。发现自己砍的柴三天就不见了，原来是被白蚁啃得一干二净变成了泥巴，而傣族人家的柴火，只被白蚁啃了一层皮。由此发现了傣族人在屋前屋后种的是铁刀木，这树萌发力强，三年就有杯子粗，砍了一枝抽几枝，砍了三枝，十二三枝长出来。傣族人用它烧柴。我就开始跟踪铁刀木的起源，一直到了泰国清迈，发现原来是傣泐人带来的。这是典型的"生态适应"现象。蔡老去世后，我接任中国科学院云南热带植物所所长，本来只有傣族人才用的铁刀木，成了西双版纳各民族屋前屋后的薪材木，有效地保护了西双版纳的森林。

"傣族是最早进入定耕农业的民族，定耕就需稳定的水源，水源来自森林。傣族人认为人最早的家园在森林，森林提供水源，灌溉稻田，产粮食供人吃，他们认为森林是神的家园，是不能冒犯的。傣族人用铁刀木作薪材，形成神山圣境信仰，各村都有自己的龙山，我认为这是一种朴素的生态观。我提出对龙山的保护后，云南大部分村庄的龙山得到了恢复，一个个龙山其实就是一个个森林保护区。"

西双版纳傣族自治州老百姓对裴盛基说："我们感谢你啊，

佛寺恢复，龙山保护，你提得好，从科学的角度为我们撑了腰。"

裴盛基还在全国性研讨会上，反驳想把云南所有森林改种橡胶树的权威专家：1978 年，有过一场大争论，农垦部召开第三次橡胶树与热带作物资源开发研讨会。此前中央有文件，凡是能种橡胶树的地方都要种橡胶树。会上，有专家提出，在云南凡是适合种橡胶树的地方都要砍掉森林种橡胶树，专家认为种橡胶树"有三个好处，一是以林还林；二是砍掉杂木林，以高价林代替低价林；三是有些林子没有用，以有用还无用"。当时裴盛基三十出头，有点初生牛犊不怕虎，代表一批科学家挺身而出，他说："热带森林有保水功能，怎能砍掉？此林非彼林，岂能以林还林？热带森林更新是个体更新，整体延续，现在毁林种橡胶树，要 40 年才能恢复生态。一亩热带森林有 200 种植物，里面好比化工厂，有成千上万的自然化学产品，里面大檀木一棵就值两万元，无用是你的看法，这 200 种植物光傣族人要用的就有 80 种。"他还打了个比方："赫鲁晓夫当时在高加索把牧场改种小麦，理由是小麦也是草。你们这些专家的看法和他一样。就像小麦不是草，橡胶林也不等于热带森林。"最后大会采纳了裴盛基的意见，保住了云南森林。

裴盛基被称为集市上的植物学家。大理是世界上植物最丰富的地区之一，每年三月大理会有一个传统大集市，各民族的药物在集市上陈列销售。裴盛基花了三年时间，一个摊位一个摊位地调查源头，记录了 542 个摊位，2614 件药材，一一追踪到产地。他发现当苍山开满白色杜鹃花，提醒人们春天来临的时候，大理白族有食用白色杜鹃花的习俗，传说每个人必须食用白杜鹃清洁肠胃，被称为食花文化。他访问到纳西族老东巴（巫师），老东巴说祖先通过观察牛羊食用花后的生理反应，发现绿花会中毒，白花可食用，红花可做药。这引发了他对食花文化的兴趣。

云南地处边陲，有"两多"：生物多样性和民族文化多样性。两多的乘积可引出更丰富的内容，蕴藏着机遇、稳定性、可持续性。

几千年的农耕文明几乎荡平了平原地区，黄河平原、淮河、长江中下游平原等地区植物多样性遭受了严重破坏，相对而言，山区山高水远，交通不便，干扰远低于平原地区，不仅植物分布众多，而且成了中国植物生存的最后堡垒。

裴盛基还为刀耕火种辩护，他讲道：六七十年代云南不少民族还是刀耕火种的生活方式，人们一般认为冬季砍树烧山的刀耕火种不仅落后且破坏生态。其实刀耕火种是热带普遍利用森林地力的古老方法，是一种森林轮歇耕种的方式。刀耕火种不是剃光头，而是留下树桩，在树桩间种植，在热带，森林很容易恢复。刀耕火种保护了生物多样性。科学测量得出，当每平方千米人口密度在 15 人以下时刀耕火种是合理的。现在全球热带地区，有两亿人搞刀耕火种，不搞刀耕火种就没饭吃。他大声呼吁：老百姓的用途是天大的用途。

保护生物多样性必须保护本土文化，原住民必须居住在其中，用传统知识利用好自然。如果不让原住民利用资源，他们该怎么生存？过去几千年，原住民在利用资源的同时也保护了资源，若不让他们用了，他们就会不管。所以必须与原住民一起来共管共建。

裴盛基说："人在每一种文化上都必须灌注一种人与自然的和谐思想。这也是费孝通先生提出的'文化自觉'。"

有了对裴盛基大致的了解，我便去曼远村找他。那是 10 月的一天，连续下了四天的雨后，终于放晴了。

山路的两面都是山坡，山坡上都是橡胶树，拐进小道，家家户户也都种橡胶树，散发出一股味道。园里的普司机开着玩笑："那是钱的味道，知道不，橡胶树的味道就是钱的味道。"

他自豪地称自己是园二代。他说四岁的时候，听七岁的孩子告诉他，园里有飞机要来了，他还记得，和大人们一起去看载着蔡老的飞机，呼啸着离去，吹倒大片茅草。

车过橄榄坝，傣族特色越来越浓郁，可见款款的"小卜哨"；可见通往寨子的人行小路旁，密布着旺盛的傣家竹，一蓬接一蓬；可见傣家的竹楼，依坡而建；可见缅寺，在深绿中闪着光；可见奔泻而下的山泉。

普司机指着路边的寨子说："以前的傣家竹楼，在是茅草房的时候有一个顶，第二代加盖了水泥房，嗯，就有两个顶了，现在，又加盖了钢筋水泥房，就又有了三个顶，连四个顶的都有。"

同行的还有植物园的研究人员许又凯老师，大家在路上说起退休的事，他说："我们的口号是为党工作 40 年，还有人提出为党工作 50 年呢。"

一句话就让我发现他们身上早期知识分子的那种质朴的奉献精神。

车开到了美丽的曼远村，我见到了裴盛基先生。那天，他在寨子里参加活动。见面时他满心装着要做的事情，一望便知他是那种一心想把事情做成的人。

我们边走边聊，话题围绕着对民族植物的保护。

裴盛基说："现在 95% 的龙山林都消失了，只有这个村还保留了一点原始森林，有 80 多棵树。除了建立龙山林保护区，我们也建立了民族药用植物保护社区。傣族信奉南传上座部佛教，它的寺院构成要有四个条件：一座释迦牟尼佛像，一座佛塔，四名以上的僧人和佛教教规指定的 58 种寺院植物。我就在佛寺周围种植药用植物，建成佛寺药园，现在已种了 100 种傣药了。当地人也开始把这 58 种植物从野外挖回家种植。这就有效地保护了这些物种。今天，我就是为保护植物来挂牌的，你看，牌上面刻有三种文字：傣语、中文、英语。

"我多年做民族植物研究。原来这里都是橡胶林，我与村民协商了两年，让村民退胶还林，我拿出自己的退休工资，补给村民做损失费，对村民说，我是来送技术、送观念、送苗子的，州上给了十万元用来买苗子，所有权也是村上的，我一片叶子都不会拿走，就为了永续发展。"

他辨认着："这些是 4 月 8 号种的，这次又种了几种，是我们到处找，才从傣医院找来的，根据各自的植物生态，种在不同的地方。"

他一指山坡，说："傣家寨子的布局很有道理，很合理，里面种的是药物，外面有公共地，有佛寺，还有龙山林，就把一个寨子给包起来了。我 8 月来种过一次，你看，种的植物都已经长起来了。"

裴盛基在现场指导种植植物，他拿起锄头说："这棵，要栽在山坡上，种的那天浇一下水，要不之后再浇就不管用了。"

见曼远的村长来了，他马上追问："我的非洲牛油果呢？"

他接着爬到山坡上观察。我问，"您今天做的这个事情，与蔡老有关吗？"

他说："也是一脉相承嘛。蔡老，他不是学院派，他在大自然中学习，长期从事野外工作，天天种树，天天观察，他为什么不发文章？他的名言就是，把'论文写在大地上'。葫芦岛上建起来的植物园，才是他高水平的文章。他性格豪放、外向，善于创新，可以说没有蔡老，就没有今天的植物园。但建园不是目的，目的是发展中国的现代科学，在世界上有中国的声音，有中国的面孔，有中国的成果。西双版纳是中国有热带雨林的标志，是一个代表，在学术上就要有人去研究它，去国际上发出声音，告诉世界我们有热带植物园，我们有橡胶树。国际上认为，北纬 23、24 度，是种植橡胶树的北极。"

橡胶树，是绕不过的话题。

"那个种橡胶树的故事是这样的，我们中国科学家，都有一种爱国情怀，要支持新生的中华人民共和国，那时帝国主义对我们进行橡胶封锁。但我们知道，橡胶是重要的战略物资，飞机轮胎、汽车轮胎、军人穿的胶鞋，很多工业材料，都离不开橡胶，我们是一定要自力更生，找到橡胶树的。最早开始调查橡胶树的，就是蔡老啊。蔡老写的那个调查报告我看过，是用毛笔写的，报告中写道，我们没有像巴西橡胶树那样适合做工业的橡胶树。植物是有地域性、地区性的。杨贵妃喜欢吃荔枝，就要从南方日夜兼程送到长安，那不方便啊！但荔枝，在长安不能种，植物要遵循地域性的规律，热带不能种温带、寒带的植物。世界上所有的橡胶树都是种在北纬 17 度以南的。而我们处在什么地方？我们是北纬 21、22 度，都快到 23 度了；我们的海拔也高，人家那里是几十米、几百米，我们是一千多米。要在这么高的纬度和海拔上种橡胶树，最重要的就是要找到热带雨林，证明中国有热带。当时蔡老就参加了一个中苏联合的热带生物资源工作考察队，进行橡胶宜林地调查，队长是苏联人，他担任了副队长，我也参加过一段时间。当时，我们广泛地查阅了国外的资料书，有法国人写的，有英国人写的，我们天天背上这些书，到野外去对照。傣家人告诉你的植物的名字，要跟书上植物的名字对上号才行，我们那时简直就是回到了马帮时代！最后，是蔡老找到了橡胶的宜林地。

"宜林地找到了，还要找到对应的气候。但调查气候啊，你只来一趟是不行的。怎么办呢？有一种办法，就是去寻到一种标志性的树种。东南亚热带雨林最重要的一个特征就是龙脑香科。这个科的树种，不仅要有，而且要有足够的数量，要成片地分布。我们幸运地发现了望天树，它就是东南亚热带的标志性树种，是龙脑香科。发现了之后，我们就开始想办法研究它。那次，通过了特批，林业部门准许我们砍一棵望天树，我们选择了一棵树上面有果实的，成熟的，有高度代表性的。当时，我们怕树一倒下来，会压死太多其他的树苗。于是请了有经验的当地人来把树放倒，让它定向倒，倒下正好可以搭到对面的山坡上。怎么去量它的长度呢？就让队里年龄最小的小崔，才17岁，拿个一百米的卷尺，一把尺的一端拴在腰上，骑着树干，一点一点地放，挪了一百多次才到头，在树梢顶尖一量，77米。取这么一个数据，就用了一整天。然后，按照规定一米间距截一段，用来做标本，截标本又用了三天。当时天天下雨，天天都是拿芭蕉叶包着一坨糯米饭吃，喝冷水，天天被蚂蟥、蚊虫叮咬。"

说到叮咬，他记忆犹新："为了防备蚂蟥，考察队员都已经开始使用一套定制的野外装备了——袜子、长袖、高领。注意要把领口扣好，因为蚂蟥闻见了人的味道就会从树枝上掉下来，会正好掉进你的脖子里。蚂蟥咬了你，你还不知道呢，就觉得有什么液体在皮肤上流，你一抹，发现是血，一看，蚂蟥的头正在拼命地吸你的血。等它吸饱了以后，躯体里全是红色的血，会变得像筷子那么粗，它分泌一种融血素，让你的血无法凝固，血就一直流。那时我们没有创可贴，就用香烟的烟灰，涂在伤口上面，或用寺庙里面烧的香，去燎一下伤口，这样，蚂蟥就会从皮肤里面钻出来。一天下来我们要被叮上几十次。

"最可怕的是马陆虱，臭虫一样大小，专叮你最柔软的地方，比如腋下、肚子，三五天之后你才知道，就感觉那里痒，一摸，被叮了，一拍，马陆虱的头断在身体里面了，哎呀，这可怎么办，怎么把它的头取出来？开始，我们唯一的办法就是割掉那块肉。后来，还是群众有智慧啊，高手在民间，大家发现用煤油滴在伤口上面，过十分钟，马陆虱就自动退出来了。我们植物园有一个叫许秀坤的女工，在橡胶林里做嫁接时，被咬了三四十处，她丈夫帮她用煤油滴，一会儿出来一个，一会儿又出来一个。在热带，你要是想去看特别的植物，体力一定要好，也要能吃苦，一定要能经受潮湿、叮咬、疲累的考验。

"还有一种掠食者叫黄猄蚁，琥珀般的色彩，攻击性极强，你站在树下，它就会爬到你的身上、设备上、背包上。它是世界上最早用于生物防治的昆虫，即用它对付害虫，也最早作为商品，出售于市。"

哦，裴先生说的就是我在昆明机场看见的出售的蚂蚁。

公元 304 年晋代嵇含《南方草木状》中记载："交趾人以席囊贮蚁，鬻于市者，其窠如薄絮，囊皆连枝叶，蚁在其中，并窠而卖，蚁赤黄色，大于常蚁。南方柑树，若无此蚁，则其实皆为群蠹所伤，无复一完者矣。"你看，千年前，果农就把黄猄蚁，比作凶猛的家犬了。

你要想在雨林观察、拍摄黄猄蚁，在地上倒点可乐，就能吸引来好多。

裴盛基还忘不了一次历险："那次去野外，我从山坡上滑下来，脚下就是万丈悬崖，一个独龙族小伙子，依着一棵树，把我给抓住了，救了我的命。这样的历险，蔡老也经历了很多。"

裴盛基话题一转："蔡老带着我们做过一次关于橡胶林的资源调查，那个时候种橡胶树是支持新生的政权，蔡老就自己种出过一片天然橡胶树。天然橡胶产业化很困难，于是我们找到了紫胶，紫胶里的紫胶虫能分泌出一种松香一样的松胶，会溶于酒精，每一颗子弹，每一颗炮弹和炮弹的后座，每一枚撞针，都要涂上这种松胶，不涂的话是用不了的。我不反对种植橡胶树，但要合理，要科学，如果把 80% 的雨林都砍掉来种橡胶树，这我是反对的。那个时候烽火连天，到处都在烧地，烧掉热带雨林来种橡胶树，蔡老就到处去呼吁，最后只守住了小勐仑。他去找当时的州长，说：'你看，我们国家很快就有了橡胶，但我们能不能有一些地方不要种橡胶啊，你能不能给我们留一点热带雨林让我们来研究研究啊？'州长说：'现在形势很好呀，到处都在开垦，为什么要留一点呢？'蔡老就给他解释，橡胶树，只是热带宝贵的资源中的一种，热带雨林里还有其他几千种宝贝，我们才刚刚开始认识和研究，如果都烧光了，我们以后拿什么去研究呢？给我们一点时间，不要在我们还没研究之前，就让热带雨林消失。

"州长一听，觉得有道理，就马上打电话给军垦农场的营长，让他们不要开垦种橡胶了。

"发展橡胶并没有错，问题在于不能以破坏为代价。我们不希望看到许多物种在人类没有认识到它们的存在之前就消亡了，甚至来不及知道它们的名称和分类。当时我们是唯一发声的，所以也就有了唯一保留下来的热带雨林。

"开第三次全国热带作物与橡胶科技研讨会时，当时的农业部部长何康，蔡老的好朋友，来植物园转了一圈，带来了200多位来自全国各地的专家，何康说：'你们要向植物园学习啊，要向蔡老学习。'"

裴盛基还提到了南药：南药是指长江以南、南岭以北地区所产的道地药材。西双版纳由于气候条件优越，有南药的异种、缘种生长，蕴藏着丰富的药物资源，生长着缩砂蜜、安息香、云南萝芙木、千年健、蔓荆子、使君子、重楼、琥珀等几十种药材。

他说："热带雨林是世界上最大的药房，大量天然成药均能在热带雨林中找到，如古柯碱（刺激剂、镇静剂类药物的基本成分）、箭毒（麻痹药的一种）和奎宁（医治疟疾的一种药物，提炼自金鸡纳树）等。

"从 1959 年开始，我一直跟随蔡老对南药植物资源进行研究，从具有健胃和镇痛功效的国产荜拨、活血止血的血竭、抗癌药物美登木、重要中药成分缩砂仁，到治疗急性痛风和支气管炎的嘉兰等。总少不了进入村寨，请教当地少数民族医生，结合民族古籍反复考证。

"1971 年 6 月，蔡老带我们在盈江县铜壁公社，采到野生荜拨标本，我们走访当地少数民族，得知当地人用它来治风湿和止痛。后经人工栽培试验，荜拨引种栽培获得成功。"

裴盛基说："那个时候，我们在野外工作，打包行李的时候，有两样东西最重要，万万不能忽略，第一是防蚊子设施；第二是防潮油布。油布是用来铺的，晚上会铺在地上，人睡在上面，条件是很艰苦的。那次去找龙血树，当地没人带路，我们走了一天，到了一处悬崖，我们上去了，却下不来了，怎么办呢？只好从树身上溜下来。当时的工作服是劳动布做的，磨得工作服上的一排扣子全都没了，后来终于找到了龙血树，采了样本。

"多年的野外工作会让人坚强、自信、独立，这个过程给了我很多思考，比如，如何平衡保护热带雨林和提高农民经济收入之间的关系，如何平衡生态保护和旅游发展之间的关系。《人民画报》登出了望天树的照片之后，你听到了很多反响是吧？"

"是的，"我问，"为什么当时《人民画报》会对西双版纳感兴趣？是因为那个时候有什么故事、什么事件，吸引了全国的注意力吗？"

他说："这些大老远从城市里来的人，搬到西双版纳建立一个热带植物园，他们碰到了哪些困难？这么多困难是怎么克服的？对未来有什么展望？这三个问题，大概是当时引起大家兴趣的原因吧。所以总有人不断来采访，蔡老没那么多时间，他经常不在家，一半是我接待。《人民画报》封面上的那张照片，它的拍摄背景就是望天树的发现。"

我问："那么多学生，蔡老当时为什么选你与他合照？"

他笑了，"人家说，要找个学生一起，蔡老点了我的名，地点就在植物园的苗地里。我跟他的时间最长，是他从昆明带来西双版纳的，他带着我出访了越南、缅甸，希望我能继承他的事业。画报寄来后，在植物园里是一件大事，很轰动的。"

裴盛基说到了徐迟，"他先到的景洪，我去接待的，在植物园待了两天。我对他说，你要写的这个故事，专业性很强啊，你要讲橡胶树，就得先讲热带雨林。他就问了，'你有没有什么参考书啊？'我说：'就怕你没时间看。'他说，'不管，你拿给我看。'我就给了他一本外国专家写的、很厚的专著，有关植物生态学的，教学用的，就叫《热带雨林》。我问，'你只有两天时间，怎么能看完这么厚的一本书？'徐迟说，'有办法，你不是说里面画了很多线吗？我就看你画线的地方。'看完，徐迟就有了底，他明白了热带有什么意义，有什么重要性。他从中得出了几个结论：第一，西双版纳是一个植物形态非常丰富的地方；第二，热带雨林的形态里，含有植物丰富的多样性……大体上就那么几个。从世界地理的角度来讲，热带植物是植物中最丰富、多样性最高的植物，很多的生命现象都在这里发生，这里有咖啡树，有油瓜，有龙血树，有许多药用植物，我们应该怎么样认识自然，认识中国热带，特点就被他给抓住了。他尽管来的时候已经七十出头，耳朵有点背，但他还很敏锐，反应很快。他三次到西双版纳，把各种奇异的树木的形状、色彩、性能一一记录在本子上，菩提树、"绞杀榕"、大板根，被他演绎成了文字。他说，写作不能光凭自己的主观想象，必须要到生活中去，掌握第一手材料。"

最后，我也问了裴老这个问题："蔡希陶是一个怎样的人？"

他走出回忆，开始归纳："他是一个愿当铺路石的人，自始至终教导我们要'取之于民'，取少数民族的传统知识；'用之于民'，将我们引种、驯化的植物资源推广给老百姓。蔡老一生都视少数民族同胞为兄弟姐妹，致力于学习少数民族利用植物的方法，并推广研究成果，改善少数民族生活，提高他们的经济收入。

"植物学是宏观层面上对大自然的观察、分类、描述，它与百姓的日常生活密切相关，是离百姓日常生活最近的一门学问，使人对自己周围的世界和家园越来越了解。农民很少远距离走动，但有很好的感知能力。其实，你说农民知识很贫乏，要看是什么知识贫乏。传统知识、地方性知识不缺乏。农民对土地的知识堪比一位土壤专家，土壤专家了解的是可控实验那一小部分知识，pH、氮元素、磷含量等，农民不知道钾是什么东西，但知道哪种土壤适合种什么……所以，我的大部分研究都与百姓生计相关。本土文化是我的环保老师、科学老师，老百姓的用途是天大的用途！"

回程，我们的车继续穿行在傣家的座座龙山之间。裴盛基和蔡老一样，也把论文写在了大地之上，是师承，也是发扬。

十一、分类学，万千事物的大总管

从西双版纳重返昆明，在中国科学院昆明植物研究所的会议室，我见到了余彩先生。

他先做了个简介：昆明植物研究所是中国科学院直属科研机构，职责是认识植物、利用植物、造福于民。1938 年，昆明植物研究所的前身云南农林植物研究所成立，"原本山川，极命草木"八个字是所训，语出汉代枚乘的《七发》，陈说"山川的本源，尽名草木之所出"这一所训，是中华传统文化的精髓所在。

研究所的前身是静生生物调查所和云南省教育厅于 1938 年 7 月合作成立的云南农林植物研究所。这段历史，我在梳理蔡希陶的履历时有所了解。

余彩先生有着老一代知识分子的那种谦和。"就从我第一次见到蔡老说起吧。"说着，他的眼神变得遥远起来。

"那是 1956 年的 9 月，我来到中国科学院植物研究所昆明工作站，那时园里建起了两幢大楼，有几十个人在那边工作。我对他的第一印象是：魁梧、严肃，有点怕他，后来才发现，他其实对人很和蔼。

"我就跟着蔡老采集标本，学习怎样收集民间资料，怎样寻找民间植物，当时老百姓叫它什么，资料上叫它什么，都要一一对上号。

"第一阶段是集中学习，张育英老师带着我们做野外工作，给我们讲一些基本知识，我们还有过一个册子，册子里写满了接触少数民族老百姓时要注意的事项，是蔡老亲自编的。集中学习后，我们的第一节课是学习爬树，爬昆明植物园里的那几棵大树，练习爬树的技巧。

"然后就被分配到了各个组，我到了植物标本组。那些珍贵的植物标本，都是蔡老他们辛辛苦苦收集来的，有好几万份，在库房里堆着，要把这好几万份的标本全部整理出来。那时候我们的组长是邱炳云，就是那个给蔡老挑担子的邱炳云，他一直没有离开过蔡老。现在，我们所的植物标本达到150余万份了，是全国第二大植物标本馆藏。那时，我要做的是把产地、采集人，是藤本、灌木还是乔木，写在标签上，并把标签与标本对上号，工作简单，但是量很大。有些植物的名称是英文，有些是拉丁文，我们做起来很吃力。有时会请一些家属来贴标签，贴在标本的左上方。我们在室内整理，有时还要到全省各地去采集，滇中滇南都去采过。

"干了近三年，虽然枯燥，但很有成就感，因为这些成为以后科研工作的依据，《中国植物志》《云南植物志》都是依据这些标本写成的。

"徐迟曾说过：'为什么植物分类学家要用古罗马的文字——拉丁文，来区别植物学的门、纲、目、科、属、种。这好比我们家家户户都有户口簿一样，全世界的植物都应按统一的标准分门别类，做详细的记载。比我们的户口簿还要详细，甚至更加严密。云南有植物志，中国有植物志，全世界都有植物志。'

"最耗时、费精力的是鉴定、确认植物的名称。为了某一种植物，我可能要用一分钟、两小时、三天甚至几星期查资料。整理图片、标本、学名经常令人头痛。整理到几个月的时候，人不由得会有些烦躁，总是想，什么时候才能整理完？但到了最后，也享受到了克服焦虑、克服挫折，从混乱中理顺之后的愉悦。

"在野外考察是快乐的，也是艰辛的。为标本进行野外选材是一大难题，什么叫生境一致、长势一致的植物？看上去是一致的植物，测量出来的结果却有天壤之别。

"蔡老曾教导我们：采集时不要沿小径走，大多数人进入野地时都太偷懒，沿着小径走入森林。我们应该走直线切入森林，尽量排除障碍，虽然累，但这是最好的方法。

"到了 1958 年，蔡老带着一批人去西双版纳创建热带植物园，因为匪患，后来换了地址。我还在昆明植物所，跟着吴老整理卡片，又是七八个月，到了1960年年底，我突然接到通知去开会，会上宣布说要有十个人去西双版纳，是蔡老点名要的人，要去三年，其中就有我。

"蔡老是一个很有激情的人。1959年年初，在昆明植物所人才动员大会上，他动员大家：'同志们，西双版纳是块美丽富饶的宝地，那里有很多珍奇植物，苏联专家们见着都眼馋啊！那里的热带植物异常丰富，一屁股坐下去，就是三个研究课题！'

"全场哗然。

"'你们别笑，西双版纳是云南最有前途的地方，很多与国计民生有关的资源都在那！说不定哪天云南省的省会就搬到那呢，是你们施展才华的好地方。'

"听众议声一片，'他可真会想，异想天开！'

"'鬼才去那么偏远的地方！'

"记得其中有一个被点名要去的女同志当场就哭了。

"蔡老带着我们，从昆明到了西双版纳，到了热带雨林，到了葫芦岛。蔡老做工作非常细致，他亲自带着新到的同志去参观，让我们尽快了解情况。

"那时候，植物园都是森林、灌木丛，我们在棕榈区种椰树，那些还没开发的地方还有蟒蛇呢，有五六米长。

"那个时候植物所的条件差，十几个人住一间房子。我记得有个插曲，不知道那是1967年还是1968年，我出差回来后，发现宿舍没了，行李被捆成一团扔在一边，床铺被人家占了，

我就去找行政科的人吵架。蔡老这时候正好进来了，把我的情况了解清楚之后，他不假思索地说：'走走走，跟我去住。'

"我的气立马消了下来：'我才不跟您住呢。'"

"结果呢？"我问。

"结果就把我安排到了临时招待所，那个细节我一直记得。第二个细节是，我晚了几天过去，蔡老就陪着我去各个区看了一圈，给我介绍，让我了解情况。我那个时候只是个小年轻，他那么大一个权威人士，带着我一个人转了一大圈。最后，他给了我一个任务，让我到引种苗圃，做苗圃繁育工作，各地引进的植物，最先会到我这里。当时那里有个老工人，蔡老让我跟着那个老伯好好干。当时人手少，每引进一种植物，我都要登记在本子上，建立植物档案，有一个国内的编号、引种号、植物的名科，是种子还是苗木，是谁采的。那个本子，现在还保留在档案馆里。后来的数字化植物园，就是根据这个来的。

"当时有林木区、花卉区、标本区，我在苗圃区，我有一个外号叫老圃长，因为在这个岗位上时间长。我处理完再将植物交给分类组，分类组再把这些植物分给林木组、花卉组去种。

"第三个细节是，一次开科技人员大会，蔡老在会上为各个组布置任务。布置任务的时候很粗，但做起来他却要求很细。他对科技人员说，'我不会按着牛头喝水，但你接受了任务就要干好。'我记得大家合作得都很好，他在培养人才方面，会放手，但要求很严。

"1976年之后，蔡老的病好了一点，他就一定要出去考察美登木，还一定要亲自带队。那次省委打过招呼，不让他乱跑，不让他骑摩托车，怕摔，我们四个人开车山来，为了不让地方领导知道，介绍信的开头不是蔡老，而是我，免得地方领导接待。我们到了大理，到了下关，到了宾川，有历史记载说，宾川有美登木，但那是1935年的标本记载的，不知道现在还在不在。但我们果然就找到了美登木，说明记载还是很准确的，蔡老非常高兴。那时他已中风过，虽然后来好了一点，但身体不那么硬朗了，他很重视美登木这个项目，才跟我们一起去的。

"从宾川回程，他特意去看了毛炳义，他曾经是蔡老的助手，现在已经90多岁了。他们关系非常好，他见到蔡老很激动，就在他身边整整坐了一夜。

"1978年，蔡老去北京开科技大会，并访问了缅甸，引进了很多植物回来，种在植物园。现在已经在西双版纳推广到几十亩了，其中两棵金丝柚木已经长得很大了，现在已经是很珍贵的母树了。

"最稀奇的是神秘果，你吃了没有？ 1964年的时候，加纳植物园送来40粒种子，我解剖了一颗，剩下39颗，种在果树区，全发芽了，是蔡老亲自种的。

"黄华大使在非洲待了很长时间，从1960年到1971年相继任驻加纳、埃及、加拿大大使，1965年，他寄来一批牛油果种子给蔡老。蔡老对我说，'你等着，有一批种子要处理。'我就去海关拿了回来，在植物所清理完，蔡老都已经想好了要种在什么地方。开始因为我们对它的特性不了解，种在了沿江地带。沙特的植物耐旱，所以在我们植物园种了两次都失败了，后来就种在了红光农场，种了300多亩，3000多棵苗子。

"当时我们问蔡老，怎么处理这些苗子？蔡老说，'直接下地。'

"我很惊讶，这是个非常大胆的试验。但全部种下去，催芽后，四天就发芽了，现在的长势很好，前几天老裴还去看了，现在有了后代，沙漠的种子在这里表现得还是不错的。

"我有个想法，能不能让它在金沙江河谷，作为先锋试种，作为种树，覆盖荒山？因为金沙江河谷，与元江河谷很相似，我准备与老裴商量一下，这个树种不能毁，现在已经毁了不少了，都是被开发毁掉的，希望能把它保留下来一点。

"蔡老本来身体很好，他好动，很喜欢自己出去走一走，喜欢钓鱼，还经常批评我们懒。他每次出差回来，都要带些糖果、糕点，分发给职工子女。我的两个小孩，刚刚上幼儿园时，蔡老给他们买过小枪，还把他穿不下的旧西装拿给我，让我爱人改给小孩子穿，虽然是小事情，但可见他的为人。

"最难忘的一件事是，我爱人想调动工作，解决我们夫妻分居的问题。蔡老多次帮我反映上去，最后问题解决了，这让我很感动。

"我们出去吃饭，很多时候是 AA 制，但如果花得多了，蔡老就自己掏腰包，我们那个时候四五十的工资，他也是才200

多元的样子。他为人就是这样。我们出差吃饭，吃了一半，周围会有人要饭，他就会说，算了算了，都给他们吧。他不喝酒，喜欢养鸟，喜欢养狗，急起来有点结巴，所以他说话慢，很少发脾气。第一次见了会怕他，但接触多了就知道，他很爱惜人，对有一技之长的老工人都很好。"

余彩感叹："蔡老最大的特点，就是有一股闯劲，从他引的种来看，他是有目标的，目标就是满足国家的需要，人民的需要。困难时期，粮食紧缺，他就想到芭蕉代粮，芭蕉亩产高，芭蕉心炒菜好吃。于是我们种了芭蕉实验地，当时砍芭蕉的照片还在西园谱陈列馆，你看到了吗？"

我点头。

"他30年代就在调查油瓜栽培，做油料的代用品，引进牛油果，也是要解决油料的问题。60年代为了响应计划生育政策，我们从非洲引进的丝胶，是做避孕套的成分；引进蕉麻，是舰艇的缆绳要用的材料。这些也都是为了满足国家的需求。

"徐迟写的那篇报告文学《生命之树常绿》，激励了很多年轻人，大家都对蔡老受过的苦，对国家的贡献，心生钦佩，想学习蔡老的精神来植物园艰苦创业。我收到了上千封信，开始是手写的，后来就有了打印的，我原来还留着这些信，搬了几次家就找不到了，老裴说弄丢太可惜了。

"蔡老非常重视对人才的培养，亲自培养，不拘一格，大胆使用。他所教导和栽培的四名弟子，都成长为在植物学研究方面有所造诣的研究员，三人担任过中科院研究所的所长。老裴，老许，我，都是中专生，后来我自学了大专课程。我是在实践中越来越爱这一行的，我们植物所，自学成才的人很多，蔡老就是这样不拘一格地用人，主要是看你这个人能不能工作，能不能胜任，有人就说了，你们植物园是中专生当家，哈哈，现在的主任陈进，是老裴的研究生。

"为什么呢，留人不容易啊，科技人员稳不住啊，当初的108个大学生，基本上都走光了，蔡老还要解决职工的生活问题，他曾经发狠说，我要用三年时间改变这种生活状况。"

最后，我问余彩先生："蔡希陶是一个怎样的人？"

他想了想说："首先，他是一个植物科研机构的奠基人。就说我们昆明植物所吧，就是他创建起来的，和他一起共事的陈封怀说过，农林所的建立'希陶同志为首创之功'。那个历程，大家都知道。1981 年蔡老病重住院，我当时是科技处长，带队来昆明照顾他，两个人一班，轮流照顾了他十几天，当时他已经不能说话，只是掉眼泪。他的大女儿说：'余叔叔（当地人常以晚辈的名义来叫同辈人），你跟医生说说，拉掉管子吧，太受罪了。'可我不能说这个话，我刚回去，张绍书就来接我的班，刚好遇到停电，呼吸机停了，那时他气管已经切开了，一停电，他才解脱了……"

通过对余先生的采访，我发现，一个熟练的分类学家，不仅要坐在馆里为标本贴标签，他还是上千种事物的大总管，发言者。

他说："几十年地探索那个生态系统丰富的热带植物世界，探索中国唯一的热带植物地区，学习野外动植物知识，享受自己的探险之旅，不去在意别人的看法，这些都是我从蔡老身上学到的品质。"

十二、他是一个怎样的人

我每见到一位采访者，就问："在你眼里，蔡希陶是一个怎样的人？"

人们说，蔡老多才多艺，博览群书，知识渊博，热爱专业植物学，钟爱文学艺术，具有"文学家的激情浪漫、艺术家的奇思妙想、科学家的社会责任"，在动物饲养、植物栽培、机械维修、建筑设计方面都有造诣，说他是"中国植物标本采集的先驱者"，说他是个传奇。

他憎恨虚伪，对底层人民耐心而厚道，总是企图给每个乞求者以施舍、以保护，总是那么欢欢喜喜，洋溢着爱和满足；他步履轻捷，待人平和，胸怀坦荡，讲起话来，明白易懂，虽然上了点年纪，却不减淳朴快乐，好似林中的老鸟，一听见子孙唱歌，就情不自禁地随声附和。

我拼起了一些片段，这些片段里，有他鲜活的音容笑貌。

他是一个悲悯苍生的人

他当年的战友说，"刚上岛时，自己种菜，蔬菜倒是长得不错，但没有植物油炒菜，傣家会用肥肉炼油，但出油少得可怜，而且不到泼水节是不会杀猪的，所以只得水煮。蔡希陶想起20世纪30年代在云南考察时发现的油瓜，是热带森林中一种野生的藤本植物，又名油渣果、猪油果，是一种多脂肪、高蛋白质的油料植物。结的果像小西瓜，每个瓜有六粒种子，种子有鸭蛋大，剖开种子的外壳，有二至三片肥大的种仁，每片种仁差不多有半个熟鸡蛋大，种仁的含油量达70%左右，用种仁加工的油，状如猪油，味道也和猪油差不多，质量可与富含蛋白质的牛肉、鱼肉媲美。但是否可以人工大面积种植呢？蔡希陶经过几年的努力，摸清了油瓜的生长特性，掌握了播种、育苗、移栽、定植、管理的栽培方法。油瓜开花往往在晚上10点后，当时没有电灯，蔡希陶每天蹲在油瓜地里，不顾蚊虫叮咬，借着马灯仔细观察油瓜的开花和授粉。"

建园初期的唯一女大学生张育英回忆起油瓜的故事：20世纪50年代末，我跟随蔡老到了红河州的金平县进行野外考察。一天晚上到了一个瑶族老乡家里歇脚。老乡拿出几片"大瓜子"来招待我们，我又累又饿，拿了一片猛咬一口，不禁大叫："嗯，好吃！"

"怎么个好吃法？"蔡老在一旁忍俊不禁地看着我。

我回答："香，比核桃、花生都好吃！"

嚼了几口，嘴里竟漫出猪油味道。"呀，我好像吃到油渣了，就是那个猪油还没炸干的那种油渣！嗯，这是我吃到过的最好吃的东西啦！"大家哈哈大笑。"好久没吃到肉了吧？这是油瓜，老百姓叫猪油果，这些鸭蛋大的瓜子是它的种子，含油量高达70%呢！"

在那个缺粮少油的时代，能吃到这么美味的"油渣"，再也没有比这更幸福的事了。离开了金平，我依旧沉浸在对"油渣"的无限回味中，幻想着天天都有这样的幸福！蔡老却在构思一篇新的立体文章——将这"世界最大的瓜子"引种、驯化、栽培，成为一种新的食用油料植物，为人民提供丰富美味的油脂。

背景是这样的，那是 1933 年，蔡希陶在云南屏边大围山发现了油瓜这个含有"世界上最大的瓜子"的野果；1960 年，因自然灾害和苏联逼债，国内粮油成了问题，蔡希陶带领科技工作人员开始野生油瓜的家栽——视为野生植物驯化研究的范例；1962 年，他在《云南日报》上发表了《油瓜引种驯化的经过》，又在《生物学通报》上发表《油瓜的生物学特性》；1963 年，他参加西非科学协会第四届年会，做了《中国南部的一种油料植物——油瓜》学术报告，撰写了《油瓜在中国古籍中的记载及其分类的问题》。

我们一心想着油瓜种仁含油量高，很想早点成功栽培，可刚一开始，就被泼了一身冷水。我们从山上挖来了野生油瓜苗回来栽种，竟然没成活。蔡老通过对千百株油瓜的实地观察比较，发现原来一直惯用的两种油瓜，其实是同一个种，他将在马来亚发现的油瓜种纠正为油瓜的一个变种。

从野外考察到分类研究，从民族植物学角度的资料查阅，到采用各种方法进行引种驯化，直到最终的推广应用，蔡老一丝不苟。

张育英还记录下一件趣事：经历了一次又一次失败，油瓜终于栽培成功了。

"小张，你准备好汽灯，今晚咱们看'电影'去。"

听蔡老这么一吩咐，葫芦岛上的人都知道，今晚又要去看油瓜开花了。

荒野的夜空，月朗星稀。等到夜间10点钟左右，透过皎洁的月光，伴着汽灯的光亮，只见油瓜那白色的花瓣弹伸出来，慢慢地朝外翻，接着，10多根附在花瓣尖的绿丝，好像流苏一样，又如断线的珠子纷纷下垂。

夜风吹过，"流苏"飘动，"蔡老，你看，开了，开了！"我惊喜地叫道。

"嘘——小声点，别吓跑了昆虫。"蔡老边说边扶了扶眼镜，拿笔记录了些数字，继续等待新的发现，直到瓜花慢慢收瓣、合拢，"电影"谢幕了。

许再富也回忆起关于"瓜子大王"的往事：在小勐仑那个密林小岛上，我和蔡老一直是邻居，有事没事我都爱去蔡老那个小屋串门。

第一次见蔡希陶，他说我穿了一身旧西装，戴副平面眼镜，走起路来有模有样，就给我取了个外号"小佬倌"。

"小佬倌，有烟没？"

我拿出五分钱一包的"天平"烟，递了一根过去。

话题转到了油瓜，蔡老立马来了精神："当年我在屏边采到油瓜时，将这宝物放在陈列馆里，囚困了20多年！当时只知道它叫'油渣果'，能吃。后来查阅古籍，才发现原来一千多年前，云南人民已经知道食用油瓜了。"

接着，蔡老便告诉我那段出自9世纪《酉阳杂俎》的记载："蔓胡桃出南诏，大如扁螺，两隔，味如胡桃，或言蛮中藤子也。"他解释说，这藤本植物，可食部分如扁螺，分为两隔，味如胡桃，与当今的"油渣果"别无二样。

"当时就想要驯化这'瓜子大王'，大规模种植，就能让千家万户都有'油水'！"他掐灭手中的烟头，习惯性地扶一下眼镜，说道："驯化过程遇到很多困难，但方法总比困难多，通过摸索，我们掌握了从育苗到栽培的一整套驯化技术！"

对那段艰难的驯化历程，葫芦岛人都深有感触。从育苗到扦插，从开花到结果，一次又一次失败，一次又一次总结经验，总算摸透了油瓜种苗的习性，"油瓜种子鸭蛋大，硬壳包住虫不怕；

一半埋土一半露，计日出苗不会差"，这才跨过了育苗第一关。

当事人程必强也回忆起油瓜：1960 年秋，西双版纳热带植物园内掀起了油瓜插条繁殖的高潮，大采大插，一共插了一万多株，虽然生根发芽了，但活了不到一个月，全夭折了！莫非油瓜插不活？油瓜种子少，能结果的雌株和不结果的雄株又很难区分，那油瓜能扦插繁殖吗？这是一个无人问津的难题。

我们走进森林，对野生油瓜的根系进行观察，发现油瓜的根很浅，紧贴地面的匍匐枝，接触土壤后还会生出不定根。这就意味着，油瓜的匍匐枝具有繁殖能力。通过实践，总结出"插条要把荫棚搭，选条要选匍匐杈；春秋日暖生机旺，横放浅埋把芽发"。

可是，匍匐枝取材太有限了，又受季节限制，根本达不到农业推广的要求。我们又开始了攀缘枝繁殖的攻坚战。从一般苗床到喷雾苗床培养，从插条自然的先发芽后生根，到经过化学手段处理，先生根后发芽，经历了三年的反复试验，攀缘枝繁殖的成活率最高达 80% 以上，并且扦插不再受季节的限制，推广种植油瓜不再是个遥远的梦！

他是一个为一件事情起头的人

张育英回忆起"天然大温室"的事：跟随中国科学院云南生物考察队考察回来之后，蔡老就让我进昆明工作站的温室工作。一天傍晚，蔡老又来温室了。"小张，咱们从野外带回的种子和树苗育的咋样了？"

"一般吧。"

"哦，遇到啥问题了？"

"这温室的花儿就是娇嫩！再怎么精心栽培就是比不上热带森林里的！"

刚刚又有几棵宝贝苗儿蔫了，我是又气又急，对着蔡老抱怨了一通："这种个头小的植物还好，虽然比野外长得小点，还好养活；可这么大的植物，比如王棕、董棕，无论怎样精心呵护，还是没精打采的！夏天看着它们还长得好好的，可一到冬天就不行了。温室空间太小，看着植物们一个个都长得很别扭，我这心里也别扭得很！"

"既然这么别扭，那咱们就找个天然大温室！"蔡老说。

从那以后，我们野外考察时便多了一个任务：寻找天然大温室——热带植物园的适宜地。

他总是在寻找，总是在创建，总是在为一件事情起头。

他是一个发现人才的人

1948 年 8 月，禹平华跟着蔡老学习烟草引种驯化栽培技术后，留在了云南农林植物研究所。他好奇地看到蔡先生和冯国楣先生天天泡在标本馆，拿着那些植物标本一起讨论，不时冒出听不懂的拉丁文，忍不住在标本馆门口偷望。

蔡老说："小禹，看你对认识植物这么上心，就来标本馆吧。

任务就是每天翻这些标本，从第一个柜子一直翻到最后，被虫咬坏的要拿掉，受潮的拿出来晒，千万不要把标本搞坏了！"

禹平华就开始检查这些标本，从正模标本到副模标本，从第一份到第十万份标本，乐此不疲地翻看着。

禹平华说："蔡先生给我两本《植物学》作参考，又常常对着某一类标本教我如何使用检索表，学习拉丁名。由于之前毫无专业基础，我像个刚满周岁的孩子，被蔡先生领着，在植物学门口蹒跚学步。一天，北京有个药用植物方面的专家写信给蔡先生，请他帮忙采集一些八仙花科的野生种样品。蔡先生吩咐我去野外采集，告诉我大理、丽江这一带有4个种，并亲自做好这4个种的检索表，冯先生则让我在标本室里用棉纸将已有几个种的叶子拓印出来。就这样，怀揣这两位先生的'教科书'，我带着一颗忐忑的心上路了。过了两周我满载而归，两位先生看到我采集的标本，彼此对视笑了：'这小子，是块料！'那是第一次听到蔡先生的直接表扬，我的心里简直乐开了花。

"1949年后，我又一次跟随蔡先生进行野外考察，踏遍云南所有的红土地，从高山到河谷，从温带阔叶林到热带雨林，每到一处森林他总要嘱咐一番：'我们记植物，死标本要记，活植物也要记。不单要知道植物是什么，还要记得这种植物分布在哪个海拔，弄清楚它的生长环境。最重要的一点，要记得问向导，这种植物在当地有什么用途，用来做菜还是用来做药，或其他什么用途。'

"这一跑竟是十年，鞋子都不知道跑烂了多少双！1959年我到云南河口县采了两份不认识的植物标本，回标本室，路上遇到蔡先生。'你先把标本放我这，我晚上先去看看苞谷地，回来再帮你鉴定。'第二天一大早，我还没进标本室的门，远远就听到蔡先生大喊：'禹平华，你采标本还采出水平来了！'当时我就愣住了。'你昨天带回来的两个标本，一个是新种，一个是新分布！'说完，蔡先生冲我微微一笑。"

热带雨林成全的不只是科学家，还有艺术家。刘怡涛写下一则短文：

时间：20世纪70年代；地点：葫芦岛食堂。

"听说没？蔡老参加全国植物学大会回来了，听说他承接了《中国植物志》好几个难题的撰写呢！"

"眼下正缺画植物科学画的人才……"

听到身旁同事们的这番谈话后，我高兴坏了。我从小就喜欢画画，一直梦想当画家，如果不是因为家里"成分"不好，谁会想来这里当砖瓦临时工！虽然现在已经转为苗圃组的正式职工，可我更想实现当初的梦想！第二天一早，我怀揣着三幅连夜赶出的植物科学画——番木瓜、曼陀罗、苦果（水茄），小心翼翼地来到隔壁蔡老家里。

"蔡老，这是我画的植物画，您看看怎么样啊？"我说。

蔡老拿到画后，甚是吃惊："你这小子还真会装样，想不到有这番手艺！哈哈，你等等，我拿去给大家瞧瞧，研究研究再给你答复。"

忐忑的两天过去了，我终于接到了正式通知："你以后就来分类室上班吧，专门画植物科学画！"

从事这项工作后我才知道什么叫植物科学画。一般情况下，见到茎叶，未必能见到花，见到花未必能见到果，植物科学画可以同时表现植物的根、茎、叶、花、果，是摄影、摄像难以做到的，这就突出了检索特征，便于辨识。

原来，出身书香门第的刘怡涛，初中毕业就跑到植物园找活干，当晚没有落脚的地方，几十个人在电影院里打地铺，第二天被分在砖瓦窑，上山砍竹，为自己盖竹屋。他很灵光，很快学会了烧砖瓦的整套技术，一个月后被任命为组长，每天灰头土脸地劳作着，却一有时间就去画那些稀奇的热带植物，工友们不时拿他的爱好打打趣。半年合同期满后，他成为少数的几个正式工。植物园是一个正厅级中央直属单位，地主家庭出身的他十分珍惜这份工作。

当时蔡希陶承担了《中国植物志》的编撰，正需要三名画植物的人来为该书做插图。从此，刘怡涛跟着蔡老深入热带雨林，长期观察热带雨林的植物风采，掌握了大量植物知识，种子的绒毛，叶边的锯齿，都被他塑造得细腻逼真。

　　毕竟没接受过系统的绘画理论训练，国内教插画的书很少，就看国外的，可国外的插画和国内的不大一样，西方是钢笔素描，不仅有植物还有其生长的环境。我国多用工笔技法，且只画植物主体。就在刘怡涛急需提高自身绘画能力时，"老师们"来了。吴冠中、范曾、刘勃舒、靳尚义、王晋元，一大批大师级画家，都被中国唯一的一片热带雨林吸引来了。那时没有旅行社，没有四通八达的交通网络，到昆明得坐 7 天的班车，没有当地人作向导，举步维艰。想画不知道去哪好，刘怡涛再次毛遂自荐，给他们当导游，穿梭在热带雨林，找他们需要的写生对象，他们画什么就跟着画什么，油画、水粉、国画，人物、山水、花鸟……时间一长，对成千上万种植物花卉的形态、特征、色彩、规律，了然于胸。

　　1995 年 10 月，应苏格兰中国友好协会邀请，刘怡涛带着 93 幅作品远赴英国进行艺术交流访问，并在苏格兰最大的城市格拉斯哥的美术博物馆举行画展。英国美术工作者安琪拉女士指着《雨林月色》说："画中前景描绘的是白中带有淡紫色的虞美人花，姿态各异，刻画细腻。大背景是一棵大榕树的根基部分，老树粗壮，犹如山崖，画法粗犷，与细写的虞美人花形成对比。从光线看，画中突出的是鲜花和明月，但占据空间的是大榕树，让人感受到一种支撑的力量，烘托出热带雨林中露气升腾的特有景象！"读"他的画，感觉置身于熙熙攘攘的植物天地，兰花、木芙蓉、刺桐花、鞘姜花、山茶花、大榕树、古藤，都别具西双版纳特色。"

他是一个解决问题的人

冯耀宗回忆起搭建人工群落的始末：为什么层次交错、千姿百态的热带雨林，屹立了几百万年依然生机勃勃？为什么人类精耕细作、单一种植的人工林地，不几年便会土壤贫瘠、虫害频频？大自然自身化解矛盾的秘诀何在？这样的问题，一直萦绕在蔡老的脑海中，他也时常和我们提起。

50 年代末，他与吴征镒、曲仲湘教授一起探讨这个问题。

"你看我们研究的这个龙山林，植物群落结构多丰富啊，有乔木、灌木、草本，还有藤本植物缠绕其间，除此之外，乔木上还有很多附生和寄生的植物！"

"是啊，哪像那些橡胶林，太单一了，一旦感染虫害，整片林子很快就完了！"

"要不我们也建一个'人造龙山'？模拟热带雨林的多层多种结构，把热带地区最有价值的三叶橡胶树、咖啡树、可可树、砂仁树、茶树……根据它们的生长习性，分层分种种植在一起，建造出一个植物人工群落。"

"好啊，好个'人造龙山'！"

"一个开创性的研究课题！"

三人讨论后不久，蔡老把一份中国科学院关于《多层多种人工植物群落研究》课题的批准文件，亲手交给我，我打开一看，文件上写着：人工群落研究课题，属于中国科学院的院管重大研究课题，由吴征镒、曲仲湘、冯耀宗三人负责主持。看完后，我的眼泪立刻涌了出来，立誓要把这项研究认真做下去，绝不负蔡老的重望！

一开始，我们在葫芦岛上开辟出200多亩实验基地，以橡胶树、茶树、咖啡树、可可树、萝芙木、千年健、金鸡纳树、砂仁树等许多具有很高经济价值的植物为主，组成不同层次的配置，进行各种不同的试验：哪种或哪几种植物配置是最符合大自然规律的？哪种组合既能保证高效稳产又能克服自然灾害？如何组合能最优地发挥植物自身的耕作、施肥、除草、灌溉、防治病虫害等效能？

通过反复试验，人工群落的研究取得可喜的成果，其中胶茶群落已在云南、广东、广西和海南大面积推广，先后获得中国科学院科技进步奖一等奖、二等奖。

张育英、李锡文忆起被偷的木薯：在粮食紧缺的年代，西双版纳各族人民取食木薯补充口粮的不足，但本地木薯含有氢氰酸，味苦，有微毒。植物园引种了马来西亚木薯，产量高，且没有毒性。附近村民悄悄拿植物园里种植的马来薯，尝到了甜头，主动要求种植，马来薯因此在当地推广开来。

自从引种了马来西亚木薯后，大家就不用再吃含有氢氰酸的有毒木薯了，葫芦岛上的口粮问题也得到了极大改善。这段时间里，张育英每天都兴致勃勃地专注在她的马来薯试验地。

那天，她和往常一样兴冲冲地来到她的试验宝地，大吃一惊，马来薯被偷了！她立即风风火火地冲到蔡老那里告状。

蔡老诧异，随即跟着张育英到了试验地。仔细查看后发现地里有好多脚印，一直延伸到罗梭江，过江到了江边的寨子。蔡老看了这些脚印叫道："好事啊！"

"怎么是好事？我的试验数据就不够了。" 张育英又急又气。

"他们偷去吃了，过两天就会来找你教他们种啦。不是很好地推广了你的马来薯吗？试验数据就先别管了。"

张育英由衷地佩服起来。后来，她在试验地四周开辟了"缓冲区"，种上马来薯专门让人"偷"。慢慢地，老乡跑来跟她要马来薯去种，她就砍下一段一段茎秆，让老乡拿回去扦插，还免费送上一袋化肥。

他是一个心中有他人的人

他并不精于自谋，却富有民胞物与的精神。对人亲切热情、慷慨厚道、不积一文。

藏穆、黎兴江忆起了还钱的场景：1981 年，葫芦岛上。蔡渊明、蔡仲明、蔡君葵正在蔡老住过的小屋内，收拾遗物，门口挤满工人和村民。

"你们是蔡先生的儿女吧？"

"这钱，给——"一个工人递过来一张沾满油渍的五元纸币。

"还有我的 10 块。"

"我的 2 块。"

"我的 10 块 5 毛。"

原来，蔡希陶在"文革"期间一直没发工资，平反后，工资补发，就将这"多出来"的钱分给了有需要的工人和农民。

"这是蔡老借我回家探亲的路费。"

"这是蔡先生借我的生活费。"

"这是他给的医药费，还有这，小孩的学费！"

一番"争执"，那些工人和村民，还是揣着各自的钱，回家了。

蔡渊明回想：60 多年前，全家从昆明市区坐着马车搬到黑龙潭，我和弟弟妹妹在这里扑蝴蝶、采野花、捉小鱼，度过了快乐的童年。但对父亲来说，那段日子是很艰辛的。那时正值国民党政权摇摇欲坠，物价飞涨，民不聊生。昆明植物所是一个研究单位，全所职工的生存都成问题，父亲就带领全体职工生产自救。到山上开荒种地，家属也全部参加。我们三姐弟和带病体弱的妈妈都去了。父亲决定在昆明福照街开一家花鸟鹦鹉店，来补充所里的经费。他时常去查看经营情况，也带我去过几次。店里有许多五颜六色的小鸟，有不少人来来往往。有一年，大年二十九，父亲和几个工人一起，挑着自己种的白萝卜和青菜到小西门叫卖，直到天黑才回来，勉强过了个年。

一天，父亲去蒜村买米。很快就空着手回来了。原来是在路上遇到一个农民丢了钱，在路边哭，爸爸就把身上的买米钱送给了农民。

临近中华人民共和国成立，一天早上，炮声传来，国民党败兵向黑龙潭逃窜。父亲组织职工家属加入逃难队伍，路上，见一个男子大腿受了伤，流着血。逃难的人群匆匆忙忙从这个人旁边走过。爸爸蹲下来问情况，原来是一个水果摊贩，被流弹击伤，身无分文，父亲就掏了些钱给他。

1960年，国家正处于经济困难时期，食品极度匮乏。过年了，我们云南航海队每人发两棵苦菜，这是我们航海队在基地开荒种的。这是我能带回家过年的唯一的东西，非常难得，全家人高兴极了，李大妈忙着准备下锅，爸爸说："渊明，把那棵大一点的给楼下陈师傅家送去。"我一点没意外。陈师傅是植物所的司机，工资低，爱人没工作，两个孩子，家庭非常困难。

1961年4月，妈妈在昆华医院去世。当时我和爸爸守在床前。眼看着妈妈停止呼吸，才明白妈妈真的永远离开了我们。我控制不住，号啕大哭，爸爸紧紧地抱住我，把我按在椅子上说："渊明，这是病房，病人要休息。现在是深夜，你要为病人着想，不能这样自私，不能只顾自己。"我慢慢平静下来。爸爸和妈妈在上海相识、相知、相爱。妈妈考入清华大学后，爸爸放弃在上海的学业，到了北平，在北平静生生物调查所工作。他们的爱情，经历了战乱、动荡、逃难和贫病交加的考验，几十年来始终不渝。现在想起来，最痛苦的应该是爸爸，但是他在最困难、最痛苦的时候，仍然首先为他人着想。

他是一个被爱戴的人

曼俄村民口述着送别：我们的蔡波涛走了。相识 20 年了。蔡波涛曾卷起裤腿和我们一起下田插秧，亲手给我们理发，在竹楼里一边听赞哈一边大叫"水！水！水！"举杯祝福……这些场景，仿佛昨天才发生。

那日，细雨霏霏。

老根（傣族人一般认与自己年龄相仿的人做兄弟，就互称为"老根"）跟在护送蔡波涛骨灰的队伍里，一步一步丈量从曼俄村寨到葫芦岛的距离，这 20 年来，蔡波涛走了多少这样的来回啊！

护送的队伍，越来越长，附近曼俄、曼边、曼炸、曼打鸠、城子、曼安的村民们和大卡的哈尼族同胞们都赶了过来。

那棵蔡波涛亲自栽种的龙血树前，围满送别的人们。

老根接过蔡君葵手中的骨灰盒，颤抖着，安放在那叶如绿剑一般的树下。把第一把土，添上了。

"蔡波涛，安—歇—吧！"

蔡希陶逝世两周年时，陈封怀写诗悼念：

走遍大荒知境界，攀山不怕虎豹声。

历险调查多发现，坎坷岁月苦辛勤。

滇南滇北定园所，引种驯化适宜林。

难得年少有品德，到老耿耿为人民。

真人，必有深情；对美，必有妙赏。不为自己叹老嗟卑，有情而无我，与万物有一种共鸣，以自己的情推及万物，又于万物中，见到自己的怀抱，他的灵魂热气腾腾，他的怀抱一往情深。

心理学大师马斯洛研究发现，伟人拥有 16 种人格特质，笔者把蔡希陶套入这个模式：

1. 判断力超乎常人，对事情观察得很透彻，只根据现在所发生的一些事，常常就能够正确地预测将来事情会如何演变。

2. 能够接纳自己、接纳别人，也能接受所处的环境。虽然不见得喜欢现状，但会先接受这个不完美的现实，然后负起责任，改善现状。

3. 单纯、自然而无伪。对名利没有强烈的需求，因而不会戴上面具，企图讨好别人。有一句话说："伟大的人永远是单纯的。"

4. 对人生怀有使命感，因而常把精力用来解决与众人有关的问题，不会单顾自己的事情。

5. 喜欢有独处的时间来面对自己、充实自己，也能享受群居的快乐。

6. 不依靠别人满足自己的安全感。像是个满溢的福杯，喜乐有余，常常愿意与人分享自己，却不太需要向别人收取什么。

7. 懂得欣赏简单的事物，能从一粒细沙看见天堂，像天真好奇的小孩一般，能不断地从最平常的生活经验中找到新的乐趣，从平凡之中领略人生的美。

8. 曾有过"天人合一"的宗教经验。

9. 虽然看到人类有很多丑陋的劣根性，仍怀有悲悯，能从丑陋之中看到别人善良可爱的一面。

10. 朋友不是很多，然而所建立的关系，却比常人深入。

11. 比较民主，懂得尊重不同阶层、不同种族、不同背景的人，以平等和爱心相待。

12. 有智慧明辨是非，不会像一般人用绝对二分法（"不是好就是坏"）分类判断。

13. 说话含有哲理，常有诙而不谑的幽默。

14. 心思单纯，像天真的小孩，极具创造性。流露真情，欢乐时高歌，悲伤时落泪，与那些情感麻木，喜好"权术""控制""喜怒不形于色"的人截然不同。

15. 衣着、生活习惯、处世为人的态度，看起来比较传统、保守，然而，心态开明，在必要时能超越文化与传统的束缚。

16. 会犯一些天真的错误，对真善美执着起来时，会对其他琐事心不在焉。

愈趋近这种境界时，人生会愈有喜乐、愈有意义。这哪里是大师的公式，这是蔡希陶的一生。

十三、儿子蔡君葵：他是一个自然人

2019 年 6 月，在昆明见到蔡君葵时，我一眼就认出了他，就像我在经过长时间的查找资料后，能一眼从所有的合照中认出蔡希陶一样。他以伞代杖，说："去年不小心摔了一跤，做了一个大手术，现在行动还不很方便。"但他精神很好，眼神有光，尽管总说现在记忆不好了，但讲起过去，讲起父亲，他思维清晰，那些对他来说意义重大的年份，信手拈来，没有一点差池。或许，每个人都是由那些重要的时间节点，挽结起一生。

我看着他的眼睛问，"他是一个怎样的人，做他的儿子是什么感受？"

放下那把伞，端起为他泡的茶盏，他平静地开始了讲述："小时候，因为他是研究植物学的，经常不在家，在深山老林，所以是不常见到的，后来，我们三姐弟被分配到了很远的地方工作，更是一年见不上一两面，直到最后他病了，我们才在病床边照顾他。所以，一些小事情说起来简单，但回忆起来，真的很困难。"

　　我担心这次访谈会有一个困难的开头，毕竟回忆是一件困难的事情。

　　蔡君葵说："中国科学院新疆分院有一个彭加木，你知道吗？我正在上小学时，是 1957 年吧，我父亲当时在昆明植物所，我去饭厅打饭，看到有个人在饭桌边坐着，盘子里面有一个馒头和一串葡萄，其他人都是打的各种饭菜，我就看着他。他说：'小朋友，你在看什么？'我问：'你怎么就吃这个啊？'很简短的两句对话。回来问我父亲，父亲说，他是来自上海的生化方面的专家，大科学家，这是他的生活习惯，只吃主食加水果。"

　　这就是细节的力量，我们一下子回到 20 世纪五六十年代。那时蔡希陶正在对橡胶树、紫胶树等热带生物资源进行考察，在丽江、玉龙山等地考察、选点时，他提出了建设丽江高山植物园，于是请来了上海生物化学研究所的彭加木先生，帮助他筹划创建植物化学研究室，还请来了蔡宪元先生，从研究植物芳香油开始，用植物化学手段对云南植物资源进行研究，搭建起一个科研平台。

　　"请彭先生过来组建研究所，让他把几百万份植物分门别类，把有用的植物所含的成分分析出来，比如虫草、三七，里面的很多成分，哪些成分对人体的哪一部分有效，要分析出来。据说他曾经研究的是沙漠里面的一种病毒，那些古尸，能几百年不腐，除了因为气候，也因为有一种病毒，他在沙漠里就寻找这个植物病毒。"

气氛开始松弛，我想更深入地唤起蔡君葵的记忆。

"先前，读到过你对父亲的回忆，说，'爸爸是一个思维活跃、性格豪爽的人，结交了一批志趣相投的朋友。记得闻一多先生、吴晗先生、向达先生都是我家常客。有时他们高谈阔论，慷慨激昂，诙谐幽默。印象最深的一次，他们比赛谁能用牙叼起桌子，爸爸获胜，纵声大笑。但爸爸与闻一多的友谊被国民党的罪恶子弹打断了。妈妈后来对我说，1946 年 7 月的一天，在家里听到枪声，爸爸妈妈到门口一看，巷子里空无一人。得知是闻一多先生被国民党暗杀了，爸爸妈妈立刻去医院看望也身中数枪的闻一多先生的长子。闻一多先生的家人离开昆明时，把家里的黑色大立柜和一个黄色搪瓷脸盆送给我家。爸爸妈妈十分珍惜这两件东西。'"

蔡君葵笑笑接着说，"我们三姐弟都在昆明出生，我大姐是北大物理系地球物理系毕业的，我二姐是学化学的，我是学政治教育的，因为我们都不是学植物学这个行道的，对父亲的事业认识得很肤浅，只知道他成天忙忙碌碌，后来我母亲快不行的时候他才回来。我后来一直在想，父亲对于植物是如何入门的？他怎么会选这条道路？为什么连病重期间，他都要坐在病床上写那个什么水稻建议书？"

我看着蔡君葵，不知道他现在有没有答案。

"母亲从北京到云南后，身体就不好了。我母亲是湖南人，按说湖南人比较彪悍，妇女尤其能吃苦耐劳，但我母亲有肾病，当时也没什么其他的治疗方法，就是吃点中药。我母亲生我的时候已经很虚弱了，所以我肯定受影响啊，很小就上课打瞌睡，可想而知成绩不好。父亲就曾说，'这个小孩，精神有点萎靡不振，没有小孩子的天真活泼。'那就是我小时候的精神状态。直到高中，班里有个同学因为鸡胸很努力地锻炼身体，我才知道体育锻炼可以增强体质，就一直坚持，尝到了甜头，这才有了精力去学习，考上了云南师范大学，它的前身是西南联大。我是 1965 届政治教育专业的。当时的省委书记说，云南地处边疆，要培养在云南土生土长的干部，接着就是'文革'，1966 年以后毕业的大学生，都到解放军农场，我和二姐去了农场，大姐到了阿拉善，就是内蒙古和甘肃交界的一个沙漠地带。父亲都说，就在那里好好干。"

我问："你身体不好，农场的体力劳动很吃力吧？"他停下来，眼神犀利："恰恰相反，那两年干体力活，是一种锻炼，人是生存能力最强的动物，很多事情后来想想是有价值的。那时候年轻啊，我表现不错，父亲在西双版纳，母亲早就去世了，我也没什么负担，就是我说话口吃，不适合去当老师。另一个选择就是到一个更边远的地方去，那地方 5 天才有一辆班车，我去的那天，班车刚刚走，我就在那个旅馆住了 5 天。到了之后，就让我到革委会政工组里的宣传组，干什么呢？农业学大寨。那两年的经验对我确有帮助，有一次下乡，看见村里很好的肥料没有被利用起来，污水横流，我就挽起裤腿下去开个沟，随行的同志说，你这样皮肤会感染的。我说，没关系，我已经锻炼出来了。在边疆，不说如鱼得水吧，还过得去，当时好多村民说，哎哟，我们这个小伙了人是很好的。

"到了 1975 年，我已经结婚四五年了，爱人在昆明一个兵工厂工作，不能永远这样牛郎织女啊，我们那有一个基层干部——老魏。有一天他说，那些大学生，他们要回去，就回去吧。这次办得很快，我 1975 年就到了爱人所在的昆明兵工厂学校，在那个学校当老师，教高中政治，还是愉快的。1985 年，我又到了厂宣传部，干了三年，到了 1988 年，我调到了中国科学院昆明分院，直到退休。

"1981 年父亲去世后，省里成立了治丧委员会，提出骨灰怎么安放的问题。两个所都是他创建的，各留了一部分，第三部分的骨灰撒在了山上，那个种了很多云南山茶的山上，我捧着那个骨灰盒，乘飞机撒的。"

"父亲一定会为你骄傲。"我说。

他对自己一生的叙述，很平和。"父亲终生没有回过老家，倒是我们三姐弟到过父亲的浙江老家，感受了一下那个地方的风土人情。父亲很早就出来了，他的姐姐蔡葵把他带出来的，她搞社会工作、妇女工作，应该说父亲后来写的几篇小说的文学基础是受到了他姐姐的影响，我读他写的《蒲公英》，没有文学基础，不可能写出来啊。"

他朗读起父亲的文字：

在地球的这一隅，也是随时在发生着一些悲欢离合的故事……嘘—嘘，一阵风吹过了，树叶在摇头。

嗯—嚓，惊起了一只斑鸠，是青猴扳下了一桠树枝。

也有溪流，也有石崖，什么东西都有，就是没有人类。

这些猴子们，雀儿们，大树和小草，千万年来在一起过活，就不发生一些故事吗？历史学家从来不写它们，小说家也容易忘掉它们，可是实际上在每一分钟里，它们都在做着一些事：或者谋饮食，或者游戏，或者恋爱，或者为它们的种族奋斗。

蒲公英的岁数，没有人知道，因为没有人比它岁数更大……

蔡老被唐韬称为"文学挽留不住的人"。他豪情迸发的两句诗"群峦重重一霍平，万木森森树海行"，就被刻在热带植物园的石头上。他骨子里似乎就是个豪放派文人，一生行走在大地，穿梭在林海。

"父亲还在上海学了一段时间的英语，这对他以后的科研是个铺垫，我的舅舅向达，对他也有影响，我就想，他为什么选择这条路？因为他感兴趣。这是他的生性啊，他就喜欢这些东西，小时候就听父亲讲一些世界文学，鲁滨孙一个人在那里，如何采了很多标本，还讲了一个英国人进入云南，采了很多标本，后来我就去查，这个英国的威尔逊，被称为植物猎人。父亲可能就是这样慢慢着迷到不能自拔的。后来进入了北平静生生物调查所，就更加如鱼得水了。"

"讲一讲那棵龙血树的故事吧。"我提议。

1972 年，蔡希陶刚刚从"文革"中脱身，回到植物园，当时的科研人员正在寻找居丁南药首位的血竭，他很快参加到了这项科研中来。

从宋人沈怀远《南越志》中的"骐驎竭"，到明代李时珍《本草纲目》中的"麒麟竭"，再到后来医家的"血竭"，这种自古就用于治疗跌打损伤、金疮、血瘀疼痛、风湿麻木、妇科杂症的中药，人们并不知它的原料植物是什么。

血竭就是龙血树的分泌物，是从龙血树身上采下的红色树脂，或者说，血竭，是龙血树的茎干在受损伤后，缓慢形成的特殊的植物防卫素，是以查尔酮为主的黄酮类物质。但凡龙血树有了外伤，这个伤口就会慢慢积累，就像松树分泌出松香。通过提取，成为血竭，它源于西亚和北非，是古希腊、古阿拉伯的传统药，可活血散瘀、镇痛、止血、补血、生肌敛疮，李时珍称它为"活血之圣药"。过去一直都是进口的。

外国药学专家断言中国不可能有生产血竭的资源。蔡希陶就想，大自然给了人类如此丰富的植物资源，不一定别人有的我们就没有，科学家的责任就在于把这些植物的功能搞清楚，找到它们，造福大众。

龙血树故事的内核，是一个父亲与儿子的故事，这个故事，要从云南边境的孟连讲起。

"这个简单，我以前有过一些文字叙述。"他说。

"我看到过那些资料，但想听你亲自叙述。"我说。

他的神色变得光彩起来。

"我父亲有一个目标，找到资源植物，不说为国民经济服务，起码为老百姓服务。1972 年的一天，收到父亲一封信，非常简短，说他 30 年代在这边科考时，孟连一个傣医给过他一种止泻药，一段血红的木块，树干划破后，流出暗红色的树脂，可以止血，他想，那是不是血竭？他还记得那个树干的形状，像人的头发一样披下来，他想象着画了一个草图，问我，你能不能去周边山上找找啊？

"我知道父亲寻找这种'有用'植物的心情急切。按照一个摩雅（傣医）的指点，周末，揣着草图，我就与一位同事去山上找了。

"顺着南垒河一直走到一片全是石灰岩的山坡，发现石头缝隙里，真有棵树和草图非常相似，很有特点，有点像兰花。那时候没有相机啊，就给他回了信，就说我找到一个，有点像你描述的。没多久，接到电话，那时候孟连县没几部电话，说他们第二天要坐班车过来一趟。"

"那时，你们父子多久没有见面了？"我问。

他扳起指头，"从 1968 年分别后，五年没见面了。"

"你知不知道，他接到你的信特别高兴，乌云顿开。"我说。

"应该是这个消息让他兴奋，我们父子之间还是经常通信的。"他说。

"通信说些什么呢？"

"就说，你要在这好好干，听组织安排，我的身体还好，就是这些。

"那天来了四五个人，其中我认识两个。大家到了学校招待所，喝了两口水，他就急着问我，那棵树在什么地方。我说：'先洗把脸。'他说：'回来再洗。'我看出了他的急切，那时候他62岁了，隔了五年再见，他显得有些苍老了。

"据说他们来的路上吃的是腌菜。因为这次考察，是他好不容易争取到的，经费紧张。他用随身的砍刀，砍来一根竹子当拐杖，他很兴奋，中途都不休息，与考察组一起顶烈日、走山道、翻山岭。"

可以想见，那段时间里，蔡希陶的生命能量只投射在一个目标上，找到龙血树。

蔡君葵接着说："走到山岩下的一片丛林时，就听见那些走在前头的年轻人欢呼，有点像啊，这个干，这个枝，当然如果有花最好了，要是有果实，基本上就可以鉴定了。我父亲跑过去一看，就说：'应该是，就是它，找到了，找到了过去认为只有非洲加那利群岛才有的血竭植物。'

"他惊喜地抱住树身，兴奋得语无伦次，一马当先地爬到树上去采枝。"

真正的科学家不是为了学习而去发现，是为了发现才去学习。

发现并找到的过程，总是令人惊喜的。威尔逊在《大自然的猎人》中毫不讳言："我只想成为第一个发现某些事物的人，任何事物都可以，这些事物愈重要愈好，次数愈多愈好，让我先拥有它一会，之后再放手让给别人。"

或许，植物学对蔡希陶有着"精神治疗"的意义，在植物研究中他能发现植物的规律，感叹造物的神奇，那些美妙的享受，让他心境平和，孩子气十足，忘却生活中的那些不快。

蔡君葵回忆："大伙在龙血树下照相，然后开始画线，一棵棵数过去，大树就有 2800 棵，这大片的可提炼血竭的龙血树，让他们如获至宝。"

我诧异："你并没有搞过植物，就凭你父亲画的草图，当时是凭什么确定的呢？"

蔡君葵哈哈大笑，"缘分啊。其实，我已经基本被同化了。植物学家要鉴定一个物种，要见到它的花、果，有时根、茎、叶也要齐全，但现实中哪有那么齐全的东西。所以你去问一名植物学家，他会非常小心、谨慎，说要等它开花、结果。农民不知道科属种，但全天候地与多种植物，与家乡的整个生态系统在一起，他们对大自然有自己的感受方式。

"然后父亲就说，能不能联系一下县领导？父亲忧虑，一旦大家知道了，很可能就被砍了，是不是先下一个通知，但不要写明是什么树种，让大家爱护它。没几天父亲他们又来，挖采了龙血树幼苗 200 余株、大树三株、含脂木质几十斤，采了一些标本，装上卡车，满载而归。其中一株龙血树移植到了西双版纳热带植物园，后来，父亲的骨灰就埋在了它的下面。

"当时父亲看了一下它的生长环境，类似生长在一个喀斯特地貌上，他说：'回去后要创造这么一个环境。'你去热带植物园的时候看到了吗？在那个水池旁，草地上，有几块大石头，就是刻意要营造一个环境。血竭后来就开始开发了。"

1973 年 5 月，蔡希陶抚摸着这株龙血树的树身，对《云南日报》记者说："这树从孟连移栽时已有上百年的树龄了，但对龙血树来说还只是童年，因为它的寿命可长达六千多年啊！"

1979 年，他与许再富合写的《国产血竭资源的研究》，成为我国有关血竭研究的第一篇论文。现在，血竭已经成了收益巨大的作物。

"父亲努力地想着植物利用的问题，说我们云南不能端着金饭碗讨饭。当时，父亲受命为橡胶资源宜林地做调查。种橡胶树，只有温度，没有湿度不行，云南省最热的地方能达到 43 摄氏度吧，温度有了，但是由于干热，降雨量少，湿度不行。到底云南的什么地方才是宜林地呢？宜林地是个什么概念呢？首先，在宜林地，植物可以从小苗成长到如期开花、结果，然后它的果实，又可以在这个地方扎根生长，完成一个循环。你想，这个周期要多少年啊？"

蔡君葵说的是 1951 年的事，蔡希陶组织的橡胶宜林地考察，考察的区域包括屏边、金平、河口、思茅、普洱、保山、德宏、盈江等地。蔡希陶拍摄到三叶橡胶树的照片，云南省农林厅的魏英将蔡老得来的照片呈送给了陈云副总理，陈云副总理说：“我们就是要发展这种三叶橡胶树。”

“昆明植物所还有一大成就——云南烤烟。你抽烟吗？”他问。

“不抽。”我忙答道。

“烟草在七八十年代，是云南省的主要税收来源。有人说云南的烟草离不开三部分，一部分是科技工作者，是他们引种了美国优秀的品种‘大金元’。父亲他们当年为什么要在云南种这个？因为没经费，要挣钱吃饱肚子呀。我记得大姐那时候稍微大了点，还在家做小工，穿烟叶，就是把烟叶弄平整后，穿起来，挂起来，让它像新疆的葡萄干那样自然风干。大姐干累了，跟父亲要工钱，还被父亲呵斥，哈哈。

“云南十里不同天，有低洼地，也有高海拔，山脚、山中、山顶，什么东西都种得出来。当时有几个品种的烟草，经过几年筛选，觉得这个‘大金元’品相最好，于是科技人员把这个优良的品种引入云南；除了科技人员，农民也觉得这个品种很好，产量高，可以增加收入，就很快在云南很多地方开始大规模种植了；还有一些有眼光的企业家，最终把它投入市场。

“我父亲为什么到西双版纳建立植物园？综观世界各国，植物园都是建在大城市，当时，西双版纳是那么遥远的一个地方！他确实经历了艰难：一个是园址离国境线很近，那个时候经常在外考察，会碰上残匪；二是道路很差，很多地方不通公路，从昆明去西双版纳一趟要一个礼拜时间；三是在那建一个热带植物园，既要时时刻刻防蚊虫，又要随时提防被洪水卷走。那时候，光凭着他三十年来采集的几万号标本和厚实的植物分类学基础，成功驯育了'大金元'，决策了三叫橡胶树的宜林地，创建了昆明植物研究所，已经可以著书立说了，但是他还是要建热带植物园。他一开始就有明确的目标：植物园的任务是现在急需找一些国家需要的经济植物。当前国家需要什么，我们西双版纳就种植什么。"

蔡君葵接着说："还有油瓜，它每粒种子的含油量很高，困难时期，我父亲在采集标本时，一尝，味道不错，就想把这个东西人工驯化，人工栽培，但在人工种植的过程中遇到了很多问题：它是怎么传粉的？开花了，是同株，还是异株？他们那一段时间就在解决这些问题。他们发现，晚上，油瓜通过一种蛾子传粉，白天是看不到的，想要得到第一手材料，就必须亲自在夜晚去观察、去实验。他想不出，有什么比照顾那些植物，让它们服务大众更高尚的工作了。他在油瓜地里，一次又一次地调查。对年轻人说，要多观察、多体验自然，要先了解自然运作的天理。

"我1962年上葫芦岛去看他，他住的地方门口都是杂草，他上班之前，交代我和姐姐去除草，只要干累了一抱怨，一说西双版纳有什么不好，他就会马上训斥。西双版纳已经成为他生命的一部分了，是不能说不好的。

"他第一次脑血栓发病时，我还在孟连，有人给我打电话，我赶忙来到病房，他一见我就说，'唉，你怎么来了？'我说，'来看看你，听说你病了。'他说，'有什么好看的，我好好的，我这个人一般是比较顺的，一生也就有那么几个坎。'

"那次他排队到食堂打饭，一下子就昏迷了，直往后倒，幸好被后面的人接住了。空军部队派直升机送他去昆明治疗的时候还没有航线，很可能一不注意就飞到缅甸、老挝去了。驾驶员从昆明飞过来，降落后，查看了周围的环境，确定了一个降落点，把地理位置标在地图上，才敢到植物园来。

"直升机就落在现在的百花园那里，那些傣族农民，20 千米内外的社员群众，都赶来了，说：'蔡波涛要走了，我们要送送他。'一千多人默默地看着直升机飞远……

"作为他唯一的儿子，我对他的评价是，他是一个自然人。这个自然人热爱自然，热爱研究自然科学。热爱啊，确实没有办法扭转，他过去虽然也干过别的事情，但一旦接触到植物，就不可自拔。我有同学问，你父亲是科学家吗？我说，我父亲可能算是'四无'科学家吧，没有留过洋，不是博导，就是一个研究员，大学才上了一年，算大专吧，我真不知道他究竟是'三无'还是'四无'科学家。"

我一笑："看一个人的价值，是看他贡献了什么，而不是看他取得了什么。"

他颔首说道："父亲的一生历经艰难,但他在有限的生命里程,有限的学术基础上，做出了一些被认可的事情。 他心中有着雄伟的构图，要在昆明黑龙潭建设一个植物研究所；要在西双版纳建设一个大的热带植物园；要在金沙江边、玉龙雪山下，建一个比瑞士更加美丽的高山植物园；要在文山石灰山岩溶地区建设一个个根据地，用于研究碳岩植物，也为了在西藏做科学考察打下基础。

"记得我们姐弟第一次上岛，父亲说：'你们种下三棵树吧，作为一个纪念，代表你们三个孩子来过了。'现在，这三棵树已经二三十米高了。"

"那可是有故事的树啊。"我感叹。

"他对人才的培养，总是唯才是用，不太看重学历，不在乎某种聪明，他让我记住，坚持不懈地敏锐观察，用心用力地投入工作是最重要的。他认为，所谓人才的'才'，应是木材的'材'，他提得多的，是培养高尚的人性。他让我们读《鲁滨孙漂流记》，读《远方的呼唤》。"

就像爱因斯坦说的，用专业知识教育人是不够的。专业教育可以让人成为一种有用的机器，但不能成为一个和谐发展的人。使学生对价值有所理解并产生热烈的感情，才是最基本的，要去了解人们的动机、幻想和疾苦。蔡希陶是一个能够在工作中获得乐趣的人，或者说，他最重要的乐趣就是产出社会价值。

所以最后在病床上，他还在提建议，关于双季稻的问题，那个建议已经超出他植物学的范围了。但它没有超出民生的范畴啊。

国家民生的需求，从灵魂到身体，紧紧地缠住他，带着无比的大爱——就是《孟子》讲的"大人者，不失其赤子之心也"。

十四、女儿蔡仲明：他的那句我不记得了

2019年夏天，我寻访蔡希陶的二女儿蔡仲明。推开门的时候，感觉她已经等候多时了，衣着得体。一杯茶，一碟带着水珠的枣，摆在茶几上。落座在简朴而简洁的沙发上后，她说："尝尝，我们昆明的枣。"我想起了蔡希陶深夜回家，轻轻放在女儿枕边的几颗枣。她一笑，"这不是爸爸带给我们的那种枣，那种枣更长一些，这个是圆的，你尝尝。"

蔡仲明76岁了，回忆像一条清澈的大河，随便一个情景，就能让她钓起一条鲜活的鱼儿。"爸爸通常都是半夜回到家，我们都睡了，早晨醒来发现，有几颗枣在枕旁，就知道爸爸回来过，但已经走掉了，枣是他悄悄放的。昆明城里有他的家，但黑龙潭植物所有他的工作，小孩子那种懊恼啊！不知道他到底在外面有多么重要的事情，为什么总不在家陪陪我们。他给我们的印象就是一个野外工作者，总在外面跑。"

枣很脆，很甜，一甜到底，那应该是大自然的滋味，而不

是人生的滋味。

蔡仲明的日子过得很朴实，陈设也很朴实，她一个人在家写一部作品，主题是翁婿情，回忆父亲，也回忆丈夫。她镇定着自己的思绪，"我现在满脑子都是他们，有点乱……我父亲和我丈夫王晋元之间，是有共同点的。我父亲一直搞热带雨林植物研究开发利用，我丈夫是中央美院毕业的，主要是画云南的热带雨林。他说见到我父亲以后，最大的印象就是，我父亲身上有一种艺术气质。父亲跟他讲了很多对美术的看法，他们之间交流的共同点就是对云南的热爱，对热带雨林的热爱，只不过是从不同的角度，他们有很多话题，一见如故啊。"

二女婿王晋元与蔡希陶的翁婿之间，有些有意思的对话：

"你画的这种植物怎么可能长在这样的环境呢？那种植物的叶子是对生的啊，不是互生的！"蔡老总对艺术家女婿提出质疑。

"艺术作品重在意境，允许艺术想象，否则没有美感……"艺术家女婿辩解。

艺术性和科学性，是他们常常对话的落点。

为了画出一朵昙花，画家同昙花之间不断地互相冲突，互相纠正，一个杰出的作品，总是在现实和想象之间，不断互相激发而成的。

他们都是在美中得到了教益的人，从美中吸取的都是一种坚定的大爱，因为他们知道，任何一幅美的作品都是建立在爱的基础上的。

　　"父亲总是用一种无形的力量影响着我们，很少告诉我们这个事情你该怎么做，那个事情你该怎么做。像我姐姐，她的身体比较好，我和弟弟，尤其是我，从小就身体不好，回忆起来都是小姐姐牵着我跑，她后来大一点了，就背着我跑，这个其实也是父亲的要求，但他又没有正面说过要照顾妹妹之类的话。从小到大，我们姊妹一直相处得很好，因为从小就看到父母相处和睦，感情特别好特别深，也是一种影响，虽然那个时候我们住在黑龙潭那个破庙里。你去过吗？"

　　"还没有，明天去。"我说。

　　"那些老房子都拆掉了，那个土坯的房子，很旧很破很小，但我觉得生活很丰富，很快乐，那是我们一家仅有的团聚时光。爸爸妈妈会带我们去树林里采蘑菇。教我们识别那些有毒的蘑菇，我会疑惑为什么牲畜能辨别出狼毒那种有毒的植物，再饿也不会去吃它。他会告诉我们眼前植物的名称，说名称是植物学的关键，就像爱一个人，怎么可以不知道他的名字呢。知道了名称后，你与这些草木就成了朋友，有了关联，有了交集，你的朋友圈就被扩大了一维。知道了植物的名称后，再去知道它属于哪个'科'，所在哪个'属'，来确定它的'种'。爸爸就是这样带我们散步的，他会告诉我们每一株植物都有自己奇妙的形状、色彩、结构，会沉浸在与植物打交道的简单快乐中。

　　"他要求我们从小就学会独立。那时候，我们住在植物所的院子里，没地方上学，但不受教育肯定是不行的，他就让我和姐姐到大概有三五千米外的一个地方——云南机床厂，去上小学。现在当然觉得很近，但那时觉得那一段路特别不好走，两个女孩子能走多远呢？就骑马吧，有个工人送我们骑马去上学，但也不是长久的办法啊，后来那个工人有事，我们就自己去。路上人极少，根本没有车，我提心吊胆。有一次姐姐遇到一个人，那个人说，你妈妈叫我来接你，姐姐看看那个人好像从没见过，跟他走了一段路，冷静想想不对，肯定有问题；那个人说，你走热了吧，把衣服脱下来我给你拿着。姐姐很害怕，就又跑回学校去了。那个时候小孩子有件毛线衣很了不起，那个人大概是家里有孩子，想骗那件毛线衣吧。我再也不敢去上学了，怎么办呢？植物所所在的这个大院，像我们那么大的孩子有 10 多个。于是由植物所出面从昆明请了个老师，一个师范学校毕业的，十七八岁的小姑娘来教我们。开始时我妈妈也教，因为身体不好，坚持不下去。在一间教室，一年级二年级三年级都有，这样念了两三年吧，也不是长久的办法。中华人民共和国成立之后不久，我们就从黑龙潭搬到了昆明市区。那个时候黑龙潭到昆明市区，极不方便，没有公交车，坐马车要走 10 多千米，老这样很不方便啊，他们就在昆明买了栋房子，下面做招待所什么的，妈妈和我们住在楼上，父亲呢到了星期天，有空才回去，从那个时候开始，我们跟他就聚少离多了。

"有次他买了辆越南产的自行车，很轻便、很漂亮、银灰色的。他把弟弟叫来说：'你把它拆了，我晚上回来看看你能不能把它重新装上。'弟弟大概才 14 岁。晚上爸爸回来，见弟弟把自行车又装上了，说：'你这个人不笨啊！'"

我想起看过大姐蔡渊明记蔡希陶送"的确良"、尼龙袜和伞的故事："我在北大上学，有一次他来北京，打电话，说住在北京植物所招待所。我到了招待所，他说要给我看一样东西。说着把一件衬衣放在水里，然后提起来挂在衣架上，说：'走吧，咱们吃饭去！'吃完饭回来一看，衣服全干了。他说：'这就是"的确良"，多奇妙，一会工夫就干了，一点也不皱。'后来，又给我买了一双尼龙袜，40 码的。哪能穿啊？他说：'这个东西很奇妙，开水一烫它就会变小。'还有那种折叠伞，刚面市时，他在北京看到了，买了好几把，见同事就送一把。高兴得像变把戏一样变这些东西给人家看，'你看这个伞，砰一声，就变出来了。'"

蔡仲明笑了，她也听过这些故事，说："你看，这些故事中的爸爸像不像小孩。他搞自然研究，人很率真，很自然，平常都很随意，爱跟我们开玩笑。记得他回到昆明，我跟他提出，下次从图书馆里借几本书带给我，他说好的，但第二个星期回来，哎呀，忘记了。他说，'我把你的这个事情写在手上。'过了一个礼拜他回来了，真就给我带来了，因为那个时候图书馆很少，看书的机会不多，我最期待的事情就是爸爸带书回家。

"1958 年以后，他就从昆明到西双版纳去了，这一趟要走 5 天左右，坐汽车走很险要的山路，很是折腾人，所以，他基本上就不回家了，除非来昆明办事、开会、出差，我们才能见到他。那时我们的学校就在隔壁，如果看见那个满是灰尘的吉普车，就是那个后开门的，最老式的那种，就知道，爸爸回来了，我们三个孩子就高兴地跑回家，围着他，听他给我们讲野外，讲标本，讲碰见的奇奇怪怪的事情。他讲过一个故事：那时西双版纳还有老虎，采集标本时发现有只老虎离他只有二三十米，跑也来不及了。他想起老百姓说的遇到老虎不能动，就呆站着，后来老虎就走了。

"父亲一心都在事业上，根本顾不上家，整个家都是病弱的母亲在承担，但他们属于那种灵魂伴侣，彼此特别能理解。我母亲清华历史系毕业，无怨无悔地跟着父亲，一路辗转到这里来，因为身体不好，没有去工作，也就没什么收入，也不能陪着父亲出去，难得从西双版纳回来的父亲，一回来就坐在床边跟我母亲说说话，给她读那些名著，《红楼梦》啊，《包法利夫人》啊，最早的时候我们家就有这些书，我也偷偷看，但是不懂。那时候，爸爸回来，就是我们家的节日。

"母亲去世时，我 15 岁，记得头一天晚上我跟父亲一起去医院看了母亲，在回来的路上，他就跟我讲，人生啊，有生也有死，该怎么正确地对待。他之前从没给我讲过这个，什么意思呢，我根本就是懵懂的。第二天母亲就去世了，我非常难过，后来回忆起来才知道父亲的用意。

"家里就只有我、弟弟和阿姨李大妈。1967 年父亲被定性成'走资派'时，李大妈很困惑。一群红卫兵围住李大妈，说：

'我们都是贫下中农，蔡希陶是走资派，和我们不是一个阶级，你站出来揭发他，我们还你公道！'

"李大妈一直沉默。红卫兵走后，李大妈赶紧翻找垃圾箱——那里藏着她刚在郊区偷偷买来的米和鸡蛋，晚上要给我们加餐。

"后来，我们都去了边疆。原来的房子不让住了，只留了一间，就让李大妈住，我跟弟弟去住校，偶然回去看看。虽然李大妈没什么文化，不爱说话，心里知道一定发生了很大的事情，知道爸爸再也不回来了，我们三个都分配到边疆了，她不知道以后怎么生活，靠谁生活。在我们离开昆明前，我回去，发现她一个人躺在床上，我之前从没看见她躺在床上过，她总是忙这忙那的。一问原来是中风了，我找了辆三轮车，将她送到医院，在医院里陪着，直到她去世。别人问，这是你奶奶吗？我说是的。"

我说："我看到一段小材料，说'文革'期间把李大妈遣送走了，结果她自己又回来了。"

"当时说城里人也有两只手啊，也能自己生活啊，不准家里雇人。我舅舅就给她钱，送她到自己女儿家去了，但她在女儿家不适应，就又回到我家来了。

"1961年母亲不在了以后，爸爸也觉得我们很孤独，就把我跟弟弟第一次带去西双版纳。一路坐汽车，颠了好几天。第一次上葫芦岛，那个独木舟，就是一棵大树劈成两半，挖空了，刚好可以坐在里面，可让人害怕了，手一直紧紧地抓住两边，搞不好就要掉下去，没有别的交通工具，只能坐这个。江水很大，有几个植物园的孩子到河边去玩，被江水卷走了，所以后来才修了那个吊桥。

"我们住那个小楼，弟弟跟父亲住一个房间，我住隔壁，和一个动物所的女孩住。第二天早上，父亲要去上班，交代说，门口的路上有很多杂草，这里有个钩子，你就这样拿着，把周围那个草打掉。刚开始觉得很好玩，弄两下才知道很重，很吃力，7 月份的西双版纳好热呀，我自己去了才知道，那里到底有多艰苦。等他回来，那条路也没清出来。

"不洗澡不行，洗澡没条件，男人随便找个浇花浇植物的皮管子冲一冲，我怎么办？唉，看我实在太热了，一天吃过晚饭，爸爸带我到了植物园里面的一条小路，说，'你从这进去一点，有一个水龙头，我在这里给你看着，你在那洗个澡。'我就顺着那条小路走进去，看到一个浇植物的龙头，这才第一次在葫芦岛洗了个澡。

"我还记得来岛上的第二件事。父亲说，'你们种下三棵树吧，作为一个纪念，代表你们三个孩子来过了。'我就跟弟弟种了三棵树，种在房子的门口。今年年初我去植物园的时候，看见它们已经是参天大树了。

"之后再提出去岛上看看他，他总是搪塞，说天特别热，下雨特别多。我知道他不愿意让我看到什么。到了 1972 年，我在兵工厂有休假，一定要去看看，很担心他一个人在那多年，到底是怎么生活的，他现在长什么样我都不知道了，那一次，他没有拒绝。我们姐弟三人上大学时，他没说过这个要学什么，那个要学什么。我考大学时问爸爸，学什么好，他问，'你想学什么？'我说我不知道。他想了一下说，'女孩子学化学吧，化学范围广，既可以在研究部门工作，又可以到应用部门工作。'

"后来他生病的时候，我在陪护，有人来找父亲证实一件事情。我才听说，在'文革'期间，有人在一个批斗会上打了他。我就告诉他，有一个人要来，问你关于'文革'的事情。他的脸马上就一黑，说，'我不想见。'父亲是个非常热情豪爽的人，有客人来，总是声音很大，笑声爽朗，我经常没进病房就听到他跟那些朋友啊，同事啊，说得可高兴了，投缘的时候，会越讲越起劲，会完全打开心扉。那次是我第一次看到他满脸汗珠，眼泪夺眶而出。

"很奇怪，他为什么不肯见这个人？后来，这个人又来了一次，父亲还是不见。到了第三次，那个人就直接进病房了，向父亲问事情的经过。可能是要处分那个打他的人。

"父亲就坐在病床上，两只手撑着床沿，把两条腿甩来甩去，荡悠着，很长时间，沉默着。

"突然，他荡悠的双腿停了下来，说了一句话，'我就记得，那个时候，我种的油瓜都被人砍掉了，我很难过，别的，我不记得了。'"

说完这句"我不记得了"，蔡仲明哽咽了。良久，继续说道："父亲从来不跟我们讲在'文革'当中受的苦，我有时候听见别人讲了些什么，就去问他，你那时候很困难吧？他就有点不高兴，你问这些事情干什么？他不愿回忆。

"他记得的是，每天回来看见门口的卷烟，就知道是当地少数民族送的；看见窗台上的一小包白糖，就知道是园里职工送的；看见药，就知道是园里的医生从东区走很远的路送来的。他有段时间一直发低烧，说，'我生病的时候，那个所里的郑医生，经常从西区那么老远的地方跑来，给我吃药打针。'"

之后，当我来到黑龙潭的水杉树下，看到蔡希陶的照片时，心底响彻的就是这个句式：我不记得了，我不记得了……

记得，是一种方式；不记得了，也是一种方式。

"我不记得了"，一个经典的句式。

人类的痛苦是一个巨大的主题。南非民族斗士曼德拉，因领导反对白人种族隔离政策入狱，在荒凉的大西洋小岛上待了27 年，每天排队到采石场，解开脚镣，挖掘石灰石。看守他的三个狱警，寻找各种理由虐待他。1991 年曼德拉出狱当选总统，在就职典礼上，曼德拉介绍着来自世界各国的政要，也请来了三名狱方人员，年迈的曼德拉向他们致敬，那一幕，让所有来宾、整个世界，都静了下来。他后来说："若不能把悲痛与怨恨留在身后，那么我其实仍在狱中。"

"我不记得了"，就是蔡希陶的方式。

心田种满油瓜，油汪汪的油瓜，种下去后，有爱，有期待，期待这个油瓜能解救饥饿中的人。

蔡仲明接着说："他在'文革'中，被要求写检讨，而他写下的检讨让我含泪。他说，'我发现，劳动群众穿的棉质褂子，很容易在热带雨林的气候中沤烂，能不能发现一种植物纤维，让它既结实，又透气。

"他刚从'文革'中走出来，重新担任植物园的主任，一恢复了职务，就任用了那些曾经伤害他的人。回来后，他们有的成为业务骨干，有的今天在著书立说。他就是怀着一颗最真的心，最宽厚的信仰来处世为人的，我觉得他有很难形容的一种人格魅力。"说完，泪光闪闪的蔡仲明，做了一个扩胸的动作。

在西园谱陈列馆，我也听到这样的话，"刚一复职，他就任用了迫害过他的人"，那，宛如用一股植物的气息，吹散了人心中的雾霾，留给浩劫后的植物园月明般的澄清。

一句"我不记得了"，就省略了蔡希陶在"文革"中所有的经历。我以对他的爱理解到，"文革"是他一生最苦闷的时候。但是他想，上天让你吃苦，是要促使你更加同情别人的苦难。也许，是植物，是植物学，对他具有"精神治疗"的作用。人心就像树木，要用斧子砍伤了，才能流出医治人类创伤的香脂。他找到的龙血树，不就有着这样的寓意吗？

星空、大地、植物、动物，这一切让他心境平和。他像一棵老树，无声地消化了扎在身上的铁钉。不管有多少委屈不公，他都不会尖刻，不会讽谤，不会诅咒。当草木精神成为他灵魂的构架，所有的苦难，也就成就了他人格的伟大。

蔡希陶的女儿又说："我在科学院系统，接触过很多中外科学家，知道在学术成就上，比他高的人有的是，但他的这种人格魅力啊，是天生的一种东西。我有朋友说，有一堆人在那，你不用告诉我，一眼，我就能在人群中发现他。虽然他这一辈子从年轻时候到云南，年过半百到热带植物园，经历了很多的人和事，但他不把不愉快放在心上，我从来没有看见过他唉声叹气。心胸广阔了，就觉得痛苦少了，觉得还能够忍受，尤其在那些艰难困苦的时候，我觉得他就是用这种世界观来对待人生的，我猜，他就是凭着这些度过逆境的。受伤后的哀怨不能解决现实问题，最好还是投入到时代中去，因为时代在强烈地呼唤着他。

"那是1991年，我去探望中科院北京植物所办公室原主任杨森先生。他告诉我一个细节：爸爸思想敏锐、超前。那时国家是计划经济，热带植物园建园以后，全国上下提倡艰苦朴素、节约闹革命。热带植物园的职工工作热情很高，但是生活很艰苦，住宿条件很差。园里的招待所也只是几间简陋的平房。在这种情况下，爸爸提出：要想留住人才，要想让请来的专家能安心工作，首先必须为他们创造好的生活环境，盖好的宿舍和好的专家楼。还可以利用西双版纳的资源优势，在周边搞一些旅游项目，例如竹筏漂流等。爸爸在当时那个年代，就能提出这些意见，极为超前。"

一个有先见之明的人，会做出对未来的规划。他的品行，他的大地论文，他发现的、栽培的、引进的物种，统统经历了时间的变迁，多年之后还被人爱着、记着。

蔡仲明回忆："我跟我先生王晋元认识以后，他到西双版纳植物园去写生，我给父亲写了一封信，说有几位画家去拜访你，其中有一个叫王晋元。父亲后来给我写了一封信，里面有两句话我这一辈子都记得，他说，'这是一个有发展前途的年轻人。'这是第一句话，第二句话说，'你不会画画，但你起码要学会欣赏艺术作品。'

"1977年父亲经常在医院，我也是这一年跟父亲相处得最多。最后那一刻，他一咳嗽就咳一些褐色的东西出来，我那个时候真的是太年轻了，没见过这些，医生慌慌张张地进来后，一看这个样子，都没有把我们家属赶走，拿一个手术刀，就把气管割开了，不然马上就衰竭了。那是3月份，突然间打雷刮风，电断了，那个医生让我去借个发电机，要上呼吸机。父亲其实是不愿意的，在半昏迷的状态下都伸手去拔那个管子，那天要是没停电可能还会维持，但太遭罪了。

"作为女儿，我对他是崇敬的。父亲1956年加入中国共产党，担任过中国植物学会名誉理事长、第五届全国政协委员、云南省第五届人大常委会委员、云南省科委副主任、中国科学院昆明分院副院长、昆明植物所副所长、中国科学院云南热带植物所所长……

"我记得上大学的时候，每天早上 6 点到 6 点半，要听中央人民广播电台的新闻联播。有一天我就在新闻里面突然听到，蔡希陶率领科学家到非洲考察。哎哟，不得了，那个时候科学家出国是很少的，我跟任何一个同学都没说。我就想，爸爸还能为国家做很多很多的事情。"

蔡仲明每次说到爸爸这个词的时候，脸上都有着一种女孩的光泽。

采访结束，蔡仲明腿脚不太好，却执意要把我们送出家门，送出单元门，送出小区门。我发现她的状态也是一个文学的状态，沉浸在回忆中，回忆她的父亲，也回忆他的先生，以此度过自己剩下的岁月。她在不经意之间，也会透出一份来自父亲的刚毅。

小区的小径上，一个三岁的女孩在呢喃："爸爸，我们玩一个抱抱的游戏吧。"

她爸爸蹲下身说："抱抱不是游戏，你得学会自己走路。"

这一幕，让人心生感慨。

过去、现在、未来，不是彼此脱离的，将已经发生的，目前存在的，以及未来的事物连贯起来，从而把蔡老的高蹈之魂写出来，这，我能做到吗？

十五、水杉树

坐在去蔡希陶故居的车上，穿越现代化城市的楼宇、商厦、霓虹，体会着蔡仲明讲述过的，当年在这条十多千米的路上，坐马车的困难，思考着，所谓的进步就是交通工具的进步，速度的进步吗？

我要去探望黑龙潭，去探望水杉树，去感受蔡希陶曾经生活过的绿地、林地，那种草木的气息。

刚刚赶到蔡希陶故居，一场很大的阵雨，也飘泼着及时赶到，没有带伞，我站在屋檐下，看一场豪爽的抒情。

刚才送别时，蔡仲明还在说，昆明已经很多年没持续近一个月在 30 摄氏度以上了，也少有豪爽的雨了。

十几分钟的阵雨过后，那些草木在雨中露出新鲜的表情，宛如置身节庆，鸟雀也在欢唱。我的心也随着这些有福的造物，融进眼前的欢宴。

蔡老，你是想让我看一看这个欢庆的世界吗？

我辨认着故居门口的一棵花柏，一棵白玉兰，几株杜仲，路口左右，有两棵高大的树，最粗的那棵，树皮很光滑，很高大，到了近前，见它上边有一个标识，叫球花含笑，木兰科含笑属。地下全是落叶。走上前去，看到碑上书写着：蔡希陶旧居。另有一行小字：蔡希陶生于 1911 年，去世于 1981 年。

以落叶计年，他刚刚数到七十次落叶。

故居的屋顶上，加了一层脚手架，正在等待维修。透过窗口，我往里张望，仿佛看到蔡老一家忙碌的背影，看到当年他们那简单的生活。

老屋浸透了时间，正像这里的树木，浸透了刚刚的一场阵雨，就像此刻的我，浸透了雨后的阳光。

往前走去，是一座崭新的三层小楼，在花木丛中。从楼里，走出一个研究生模样的年轻人，我几乎是喃喃地问他，"你知道蔡希陶吗？"小伙子脱口说："知道，他对我们所做出了很重大的贡献。"

是啊，这里几乎人人都记得他。

另一栋建筑是植物化学与西部植物资源持续利用国家重点实验室。蔡希陶关于植物资源的持续利用的研究，在这里继续进行着。

昆明植物所院内，最显赫的碑上写着八个大字："原本山川，极命草木。"这是研究所的所训，也是蔡老的"大地文章"。

沿着一条漂亮的马路，继续往前走，前面有两排独特的树吸引了我，粗粗的树干，白色的，斑驳着，枝干的顶上有着一簇树叶，就像一个人，披散着厚重的头发。走到跟前去看它的树名，是梧桐。那些我知名的、不知名的树木，根据阳光的亮度，交替着，变更着色调，阳光让树木具有了灵性。

进到旁边的黑龙潭植物园，金黄色的蒲公英抢先入目，那就是蔡希陶仔细观察过，描摹过，赞美过的蒲公英。

通往墓地的道路两旁的植物种类繁多，都是植物学家喜欢的，而我真想拥有一双植物学家的眼睛。

果然，大自然具有异常的稳定性，作为生命体，植物更普遍，更自在，更具有生命力，更具美感。我所见到的，相信也是蔡希陶曾经见到的情形，重要的是，我是否能够如他一样去欣赏。

没有人，植物可以存在。植物消失，人却无法独存。所以在植物学家看来，人不能只把视野局限于人与人的关系上，人类的文明史，是从对动植物资源的利用开始的。

许多东西依次进入视野，一树树燃烧的海棠花、樱花、茶花、金黄的菜花；女人们的彩色长裙，在花海间穿梭；青草，随风轻轻摇摆；大片紫色的小花，像薰衣草，但薰衣草是一串一串的，它却是一朵一朵的。

一个拿着摄像机的人告诉我，这个紫莹莹的花，叫马鞭草，我走近它，去感受它淡淡的气息，并不浓郁。

终于踏上他曾劳作的土地。有穿着工装的人，在拉着管子浇水；有三三两两的年轻人，在林子深处约会，有胡琴演奏的曲子，是《高山流水》；有端着相机的人，在搜索角度。他们，知道蔡希陶吗？他们，知道水杉树吗？一切，都是现在进行时。

沿着青苔小径，我从无数的树中，找到那棵埋着蔡希陶骨灰的水杉树。水杉树，你这众树中的一树，就是当时蔡希陶从发现地移植来的，这棵水杉树下，不是蔡希陶的坟墓，而是蔡希陶的化身，是他另一场草木版的人生。

歌德的遗言是："给我更多的灯吧！"那是大文豪的乐观；蔡希陶则会说，给我更多的绿吧！那是植物学家的乐观。将他的灵魂与水杉树结合起来。

树下的墓碑，是一块花岗岩，镶嵌着一幅他某次在主席台上的照片。但显然他不仅在照片上，他的精神，在这园子里处处显现。

我似乎听见他说，"我与水杉树一起，它古朴、坚实，与它相处，是那么令人信赖，是一种世世代代生生不息的满足感。"

蔡希陶在植物分类学、植物资源学、橡胶、美登木、油瓜、云南多种名花的开发上，都有成就。这里就有他培育的"云烟一号"的母种苗床，有他引种的山茶、杜鹃、报春三大名花，有他栽植的树木、花卉、经济作物。为什么他独爱水杉？

因为水杉的绿色是永恒的颜色。水杉有着一个长长的关于生命进化的故事。植物学的教科书上是这样写的：几十万年前的北半球北部降临冰川，水杉类植物灭绝，只能从中生代下白垩地层中采掘到它的化石。可20世纪40年代初，我国植物学家在湖北找到了水杉活立木，并非化石复活，而是水杉活立木，它意味着，几千年来水杉依旧存在。

水杉树是他人生之书的题记，他应还记得，当年在京城，听见送别的导师胡先骕对他说："走吧，自然之子，我若是还年轻，肯定陪同你一起去云南，那里是一个植物学家的天堂！"

起初，蔡希陶的老师胡先骕看到了这个标本，不知其为"水杉"的枝叶和球花、幼球果，胡老深入研究，仔细鉴定，最后命名其为水杉，引起全世界植物学家和古生物学家的震惊。

那些与水杉一同生存的生物，都已灭绝，独水杉葱葱，成为珍稀的孑遗植物，"活化石"。它的存在，对古植物、古气候、古地理、古地质，及裸子植物系统发育的研究都有重大的意义。于是，各国的植物园来函索要水杉的种子，来专程对水杉实地考察。

我抚摸树身，想到蔡希陶也曾以这样的姿态抚摸树身，慨叹：水杉树活立木的发现，其意义不仅在于推翻了某种定论，改写了历史，更在于知道了植物的生命是多么坚强。它们会倒下，会暂时死去，但几十年后，几百年后，它们也许又会逐渐苏醒，恢复生命，重新站立起来，多么深重的灾难都无法灭绝它们，它们会在地球上保持着物种的存在和尊严。

半个下午的盘桓，感觉着黑龙潭这种潮润的气息，明白了，一切在这里都可以生发。

曾经，蔡希陶是一个四处追逐小动物的孩子，有着自己的梦幻世界，好奇泥土下究竟有什么怪事发生。他专注在自己的兴趣里，有着进入美丽复杂新世界的那种狂喜。由于痴迷，他想，最好也加入自然的传奇。

急雨后的太阳，让地下开始蒸腾出湿气，呼吸到这样湿润的空气，让你感觉到他一生与之打交道的植物气息。

一只松鼠，在我锁定它的一分钟内，就从地上跳到树根，从树根到树身，到树梢，再跃到另一棵树梢，那么自如、自由。不仅松鼠的跳跃很舒适，似乎那棵树干也因为感受到了它的柔软，感到很舒适。

大地是一条循环不息的河，在生态系统的共同体中，无休止地演化着，岩石风化成土壤，土壤中长出了橡树，橡树结出了橡实，橡实喂养了松鼠，松鼠成了食物，人去世后化作泥土，物质循环又一次开始，周而复始。

毫无必要去把一片叶子擦亮，大自然不在意你的恭维，只在意你的融入。

他一生与大自然中的动物、植物、岩石打交道，直到骨灰的融入，构成了一个完整的生命生态系统。

在水杉树下，适合读女儿蔡仲明为父亲写下的《生命树》：

您静静地卧在这棵树形犹如宝塔的水杉树下。在早年由您创办的昆明植物园中，种植着这棵当年您由湖北利川县移植在此的水杉树。如今埋着您部分骨灰的土地上，立着"蔡希陶教授纪念碑"的石碑。这种树素称植物王国的"活化石",古代的孑遗珍贵植物,树干通直,高大挺拔,叶色翠绿。我仰望水杉,向着蓝天向着太阳,永远地向前、向上,万年亿年犹葱茏。

也适合读蔡希陶多年的同事张昆华写下的文字:

听你说过水杉,是绿树变成化石;化石又复活为绿树……这棵水杉,就是你在50多年前从利川县的水杉坝引来,亲手种植的。此后,母树生育了众多儿女子孙,如今已在云南各地扎根成长。

1978年的春天,徐迟约着我,去昆明市昆华医院看你。徐迟坐在你的病榻边沿,向你讲起,30年代,你在北平静生生物调查所做实习生的时候发表过的一篇小说,题目叫作《蒲公英》,结尾颇有诗一般的意境:"数不清的蒲公英花籽,举着一把把洁白的小伞,乘着和煦的春风飞向四面八方,徐徐飘落在广阔的大地上,繁衍着更多的蒲公英……"那时,你病得很重,已不能下床走动。听着徐迟在讲述你青年时代的理想,你一言不发地望着我们。但我看见,你的眼睛里,闪动着晶莹的泪花,你的心,是想变成数不清的蒲公英花籽,张开轻盈的雪绒绒的翅膀,向北京,向大凉山,向黑龙潭,向西双版纳……向你曾经留下过足迹的所有地方飞翔吗?我以为,在作家面前,你不会为自己的选择而感到遗憾——你本可以成为作家,最终成为创造卓著的植物学家……今天，我从黑龙潭植物园的各个角落，采来一枝枝金黄色的蒲公英花，插在撒着你的骨灰的红土地上、水杉树下，并代表写过《生命之树常绿》的徐迟，问候你的灵魂……

黑龙潭的草地，山川，果园，小溪，让人不禁想到蔡老。他一生都在绿色中横越，或者留驻，以水杉树为题记，写下一卷卷大地上的绿色文章。

我来到潭水边，凝视，仿佛能听到、看到蔡老，听到他热情的声调，看见他停下，说话，谦恭地低垂着眼睛，走在林中。

现在，太阳快要落山了，我在树下，三次召唤他的灵魂。自然之子的灵魂，三次应答了我的呼唤，以看不见却听得见的云雀的啼声，以看不见却感受得到的风的抚动，以看得见、感受得到，却捕捉不住的松鼠的姿态。

我轻轻地问自己，为蔡老写的这本书里，该写些什么？

在自然中，我仿佛听到蔡老用说"我不记得了"的那种声音说，写写生命吧，写写那些普通的日子，写写对大自然的热爱。

十六、西双版纳宣言

那是一个节点——1961 年，周恩来总理来到西双版纳。欢快的泼水节过后，总理与蔡希陶交谈。总理表示担忧，说他这次来西双版纳，一路上看到一些陡坡上的树木被砍伐，如果破坏了森林，将来会变成沙漠，我们就成了历史的罪人，后人会骂我们的。

周总理的一番话，把西双版纳特有的自然资源保护提到重要位置。总理还说，可以出国去，参观学习别人的森林保护经验。

蔡希陶读过美国植物学家理查斯写的《热带雨林》，理查斯认为照现在这样开发，也许就在这一百年内，雨林就会变成沙漠。

蔡希陶曾对热带雨林，对大自然发出赞叹："这里成百上千的植物层次错落，姿态万千地生长在一起，形成一个庞大的生物社会，这里无须施肥，无须灭虫，无须耕耘，却葱茏茂密，生生不息。难道我们人类除了征服自然、改造自然、利用自然之外，不能模仿自然、学习自然，解决人与自然之间的矛盾吗？”

于是，多层多种植物群落的试验，成为西双版纳热带植物园的一项重点工作。蔡老带领大家划定了二百亩地，将枝干高矮不同、植根深浅不一的植物种在一块，比如，将橡胶树和大叶茶组成“二层楼”；将橡胶树、萝芙木、千年健组成“三层楼”。让乔木、灌木、草本植物相互依赖，互为补充。

这个设想是一个创举，是蔡希陶诸多奇思妙想之一，这个非科班、自学出身的植物学家，一生的每年每季都在户外，调查着他从学校、书本上得来的一切知识，处处不被书本所囿。他把新的群落形式落在大地上。他知道，所谓的发展决不能以破坏环境为代价。

对人类来说，广袤的雨林，如此丰饶，如此繁茂，简直是一个取之不尽的宝库，为人类源源不断地供应着木材、香料、水果、药物，提供着人类赖以生存的物质：淀粉、蛋白质、脂肪、果胶、糖分、药物、纤维、染料、香料、木材、橡胶……

1857 年的梭罗，在缅因州野营旅行，他说，“森林中并不是没有居住者，里面住满了和我一样善良诚实的精灵。”他写道：“我们所谓的荒野，其实是一个比我们的文明更高级的文明。”

那些人迹罕至的原始雨林不只是传说，全世界的热带雨林都有着漫长的人类居住史。

西双版纳生活着以傣族为主的 13 个世居民族。傣族分为水傣、旱傣、花腰傣，人口约 30 多万，他们既有自己的语言又有自己的文字；还有山地民族哈尼族，他们擅种茶；基诺族是西双版纳特有的民族，是 56 朵花中最年轻的一朵，1979 年 6 月才被正式确认，人口两万左右；还有彝族、瑶族、布朗族，他们的生活、饮食、医药、农耕、宗教文化，都离不开热带雨林，形成了独特的民族森林文化。他们遵古训：没有森林就没有水，没有水就没有农田，没有农田就没有粮食，没有粮食就无法生存。这就是雨林中的傣家人在村寨附近种植薪炭林——铁刀木的原因。

跟小依进寨时，她说过："铁刀木，当地人把它砍来当柴烧，用来保护森林。"

我奇怪："明明是砍树，为什么还说会保护森林呢？"

她说："因为它是可以再生的能源，不像煤炭，挖完就没有了，铁刀木越砍越发，种几棵铁刀木，既解决了烧柴问题，又利于可持续发展，所以傣家每户人家都要种几十棵铁刀木。"

大自然真是奇妙，傣族人真是有智慧，也许，这就是热带森林得以保存下来的缘故之一。

果然，傣家竹楼旁、马路旁，都有这种豆科决明属乔木铁刀木，因为它的树心是黑色的，又俗名"黑心树"。它抗旱，不择土壤，生长迅速，萌发力极强，栽培方便。一株幼苗，四年便长到手腕粗。砍这种用材林，每次并不需要连根砍掉，留出一米到两米的树桩，不久会再次发出更多的新枝，可连续用几十年。

但让蔡希陶不安的是，连铁刀木都砍没了，这无异于杀鸡取卵。现代人变得如此胆大，如此自信，与天斗、与地斗，其乐无穷？！其实各民族早期，都是敬畏自然的，无论考古发掘、史书记载、还是文艺作品反映，都展示了这一点，村民不得不砍树时，需先向神请示，然后记着定要偿还。

森林可以砍伐，但不要肆无忌惮乱砍滥伐，要尊重、要回报，因为植物也有它的伦理。利奥波德说："只有当人们在一个土壤、水、植物和动物都同为一员的共同体中，承担起一个公民角色的时候，保护才会成为可能。"当我们有决心扩大伦理主体，把自然界中的土地、植物、动物都视为与人类一样的伦理主体时，我们会进入一种全新的境界。

热带地区增长的人口越来越多地向雨林索取，雨林孕育的生物多样性受到了威胁。西双版纳的13个世居少数民族，因大山密林，阻断了外界文化和政治的冲击，传统的文化格局得以保存。但如今，人们纷纷远离家乡，寻找挣钱机会。人口的大量流动，发达的通信技术，打破了险峻的阻隔。

经济的发展是生物多样性丧失的重要原因。西双版纳大部分热带雨林已变成了农地、橡胶林，近30年的橡胶树种植使这一地区的热带雨林所占面积从70%骤降到不足50%，残存的热带雨林支离破碎，被隔离在高海拔、高坡度的山地。

雨林越是减少，越是让人们加紧了向残存雨林资源的索取，主要是食物和药物的采集。商品的快速流转，也让更多的森林产品在区域市场上买卖。

蔡希陶对此做了些什么？是什么让他在村民眼里成为热带雨林的保护者？

许再富记述下了曼俄村民们的口述：

"砍已有的树种橡胶树是要破坏我们的龙山啊！"

"蔡波涛，龙山可不能动啊，那可是我们神灵的家园！"

所谓龙山，就是分布在傣族村寨附近的森林，傣族人认为那是"神居住的地方"，龙山里的动植物都是神家园里的生灵，是不能砍伐、不能狩猎的。

"蔡波涛，您是大科学家，一定要帮我们想办法阻止啊！"村民们说。

蔡老刚进曼俄寨子，就被村民们团团围住。蔡老安抚了一下村民，赶回了葫芦岛。

"老百姓的龙山很重要，确实不能动。而葫芦岛周围的沟谷雨林和石灰岩季雨林，也都非常宝贵，照目前这形势，看来把这些原始森林划为自然保护区，非常必要。"蔡老说，"讨论一个保护方案，尽快提交！"

1959年12月，《关于划勐仑区为自然保护区的报告》提交了，并很快得到了云南省政府的回应。政府规划出了勐仑区为自然保护区的具体范围，并规划由西双版纳热带植物园管理。于是云南省有了第一个自然保护区。

许再富还记下了"科学的春天"来临时的情形： 1977 年，是全中国拨乱反正、振奋人心的一年。为了给下一年即将召开的"全国科学大会"准备材料，蔡老被邀请去北京参加"国家自然科学学科发展规划会议"，我有幸陪同。那些白发苍苍、步履蹒跚的老科学家们，相聚在一起，互相问候，场景真让人感动，人们对即将到来的"科学的春天"充满期待，喜悦之情溢于言表。

白天，我随同蔡老，听取老科学家们为国家百废待兴的科学事业建言献策。晚上，蔡老给我分析当前学科发展的形势，讨论我们葫芦岛未来的发展方向。

1978 年，乘着国家"科学的春风"，葫芦岛迎来了新的发展机遇。云南省热带植物研究所更名为中国科学院云南热带植物研究所。蔡老任所长，恢复了所里专业技术职称的评定。

在葫芦岛，召开了第二次"中国科学院植物园工作会议"。参会专家针对当时西双版纳毁林种植橡胶树的严重问题，给国家领导写信，引起中央和国务院的高度重视，发出了"迅速制止毁林开荒"的通知。那一年，经蔡老同意，我在研究所的方向任务中加上了"保护"二字，即"热带植物资源开发、利用和保护研究"。

1961 年，由中国科学院昆明分院调至西双版纳热带植物园工作，时任办公室主任的赵军成，写下了《一份建议书》。赵军成回忆：1978 年的金秋，在昆明昆华医院。我说，"蔡老，我来看您了。"

"哦，小赵来了。"蔡老睁开眼，缓缓坐了起来。"小小的脑血管痉挛奈何不了我！"蔡老冲我淡然一笑。

"对了，昨天省科协打电话来，提议我们作为科学家，应该写点建议方面的文章。我琢磨了一天，我们应该写篇关于加强西双版纳热带森林保护方面的建议书！"

蔡老向我描述了他 20 世纪 30 年代初第一次进西双版纳热带雨林时的震撼，又向我谈起了他 50 年代到西双版纳开辟基地时的奇遇。

蔡老说："西双版纳可真算得上是植物王国的皇冠，是名副其实的'种一年吃三年'的大粮仓！

"有天傍晚，我在罗梭江里划舟，突然，一条 5 千克的大鱼竟凭空跳进了我们的小船！又一次，我们在河边玩，脚下踩的一块大鹅卵石竟晃动起来，拾起来一看，原来是一只 5 千克的老鳖！

"哎，可惜现在国家关于自然保护区的方针政策没有得到彻底的贯彻落实，采取的保护措施不够，不少地方毁林垦荒、乱捕滥猎的现象很严重！1959 年我们提议建立了勐养、勐仑、勐腊、大勐龙 4 个保护区，这才不足 20 年，大勐龙保护区已名存实亡！要保护好自然资源，我们可不能忘啊！"

我带着蔡老列好的提纲，匆忙赶到省林业厅、省图书馆查阅相关资料，并着手撰写建议书，后来经过蔡老的修改，《关于加强西双版纳热带森林保护的建议》一文于 1978 年刊于《科技工作者建议》第 16 期。

膨胀的人口，人们对于财富的攫取，都越来越加重自然资源的负担，导致生物多样性的逐渐减少。

每一个家乡被商业大潮淹没的人，自身的地域文化消失殆尽的人，来到西双版纳后，都会迷恋它丰富的生态多样性，多彩的民族文化，会感悟到生物多样性保护应该是西双版纳经济发展的重中之重。

遗憾热带雨林逐渐被单一的橡胶园所代替，遗憾多彩的传统文化和民族多样性因满大街的手机通信、现代交通，而无可规避地同质化。

1903 年春天，美国总统西奥多·罗斯福，请博物学家缪尔带他到优胜美地，在野外扎营四天，感受那里的风光。一路上，缪尔游说罗斯福，说："要保存残留的荒野，建立国家公园和森林保护区是一种最好的形式。"最终，优胜美地便成了美国国家公园。现在，"国家公园"的概念全世界都在用。

缪尔痛恨一切掠夺和滥用国家资源的行为，他喜欢骑马、观鸟，喜欢荒野、森林，是一个大自然的爱好者。缪尔认为，对经济利益的追逐，导致了对自然的掠夺。美国原本有着大片美丽的森林，但随着移民和经济的发展，东部和东北部的森林已经消失,西部的森林也受到威胁。以加利福尼亚的红杉为例,红杉木质呈红色,树高达三百英尺,直径为十至十五英尺,这种树沿着海岸山的西半坡,形成一个宽约十英里、长达四百英里的林带,林中地面上还长有美丽的蕨类和其他植物。然而,红杉高大挺拔的树身和优质的木质导致了它悲惨的命运。到 19 世纪末,它们几乎全部落入私人企业手中,被伐殆尽。缪尔警告:"如果这些山上的树和灌木都被砍掉,那些工厂主、探矿者、投机者和各种各样的冒险者使地面裸露,草地消失,那么,不论低地和山地,都将和沙漠一样。"

听了缪尔的警告,罗斯福要求把塞拉保护区向北延伸到沙斯达山。

这让我想起蔡希陶劝说西双版纳州州长,留一点热带雨林,让人们来研究。

我一开头就存有一个外行人的疑惑,为什么橡胶树也是植物,却会导致水土流失?现在,刚刚明白,被称作"绿色沙漠"的橡胶林,像抽水泵,抽干附近的小河沟,抽走原本被热带雨林储存在土壤里的水,甚至连森林林冠截留,以备旱季植物之需的雾水,也被它抽得越来越少。

近年来,疯狂的橡胶树种植使热带雨林面积从 70% 骤降到不足 50%,而且数字还在持续地跌落。那些湄公河沿岸的东南亚国家也有着油棕大面积扩张种植、水污染、水干涸的严峻问题。

恩格斯在《自然辩证法》中说过:"我们统治自然界,决不像征服者统治异民族一样，决不像站在自然界以外的人一样。""我们不要过分陶醉于我们对自然界的胜利。对于每一次这样的胜利，自然界都报复了我们。每一次胜利，在第一步都确实取得了我们预期的结果，但是在第二步和第三步却有了完全不同的、出乎预料的影响，常常把第一个结果又取消了。"

欲望的增长，竞争的加剧，使得现代社会，像一辆油门越来越大，刹车越来越不灵的车，终将无法开动。

为什么人与自然有着如此紧张的关系？这源于人类自身的一个固有的矛盾：一方面，人是自然界的一部分；另一方面，这个自然界又是人的一个对象。当你把世界作为对象看待的时候，会索取它，控制它；可作为它的一部分的时候，你又要体悟它，沉浸于它。这是两种张力，人在其中，来回摆动。

早在 1854 年，印第安部落的酋长西雅图口头发表了《西雅图宣言》，以对自然的理解和热爱，表达了他对生态的整体思想："我们是大地的一部分，而大地也是我们的一部分。"

初次读到时，极为震撼。后来才知道，被震撼的不止我一人。世人奉它为人类环保的先声，人与自然的永恒启示录。

背景是 1851 年，原住民印第安人，面对欧洲人的殖民，坚决地抵抗着。但红种人的弓箭，不可能抵挡住白种人的枪炮。为了使自己的部落不受伤害，印第安酋长西雅图，同意了联邦政府的提议。时任美国总统的富兰克林·皮尔斯，给西雅图酋长写信，说美国政府欲以 15 万美元的价格，买下印第安人 200

万英亩的土地，并以印第安酋长的名字命名。《西雅图宣言》
是他震惊世界的回信：

　　你怎能把天空、大地的温馨买下？我们不懂。若空气失去
了新鲜，流水失去了晶莹，你还能把它买下？我们红种人，视
大地每一方土地为圣洁。在我们的记忆里，在我们的生命里，
每一根晶亮的松木，每一片沙滩，每一撮幽林里的气息，每一
种引人自省、鸣叫的昆虫都是神圣的。

　　溪中、河里的晶晶流水不仅是水，是我们世代祖先的血。
若卖地给你，务请教导你的子子孙孙，这地是圣洁的。

　　流水的声音不大，但它说的话，是我们祖先的声音。它解
我们的渴，运送我们的独木舟，喂养我们的子女，若卖地给你，
务请牢记，务请教导你的子女，河流是我们的兄弟，你对它，
要付出爱，要周到，像爱你自己的兄弟一样。

　　白人的城里没有安静，没有地方可以听到春天里树叶摊开
的声音，听不见昆虫振翅作乐的声音。城市的噪声羞辱我们的
双耳。晚间，听不到池塘边青蛙在争论，听不见夜鸟的哀鸣。
这种生活，算是活着？我是红种人，我不懂。

　　清风的声音轻轻扫过地面，清风的芳香，是经午后暴雨洗
涤或浸过松香的，这才是红种人所愿听愿闻的。

　　红种人珍爱大气。人、兽、树木都有权分享空气，靠它呼吸。

　　若卖地给你，务请牢记，我们珍爱大气，空气养着所有的

生命，它的灵力，人人有份。

我们不懂：为什么野牛都被杀戮，野马成了驯马，森林里布满了人群的异味，优美的山景，全被电线破坏、玷污。

丛林在哪里？没了！

老鹰在哪里？不见了！

生命已到了尽头，是偷生的开始。

演说最终没能阻止这片土地被占据。这片濒临太平洋海湾的土地，后来发展成了名震世界的"波音之城""微软之城"，这座城市名叫西雅图，白人以命名的方式，表达了敬意。这篇演讲被镌刻在石碑上，成为这座城市的经典文献。

至今，西雅图酋长的诞生地蒂利克村，还保存着印第安人当年的风貌，成了一个景点。

1972 年，联合国在瑞典首都斯德哥尔摩召开人类环境会议，通过了著名的《人类环境宣言》，发出"为了这一代和将来世世代代而保护和改善环境"的号召。为了纪念，把大会开幕的日子——6 月 5 日定为"世界环境日"。

2019 年，中国科学院西双版纳热带植物园迎来了六十华诞。来自中国、英国、美国、德国、加拿大、印度、日本、泰国、缅甸、斯里兰卡、哥斯达黎加等 15 个国家和地区，120 多家植物园、科研院所、高校、国际组织共计 200 余名专家、学者和一线科研人员齐聚西双版纳植物园，召开第四届西双版纳国际研讨会，主题是"在不断变化的世界中拯救植物"。所有参会人员经认真讨论，达成相关共识，发布了《西双版纳宣言》。宣言内容如下：

1. 认识到植物多样性是支撑自然生态系统和人类福祉的关键基础。

2. 认识到维持植物多样性是实现许多重要国际公约所设目标的基石，包括《可持续发展目标》《2011—2020 生物多样性战略计划》、联合国《生物多样性公约》以及《国家生物多样性战略和行动计划》等。

3. 特别注意到植物多样性会对实现以下可持续发展目标做出的贡献：消除贫穷（目标 1）、防止饥饿（目标 2）、人类健康（目标 3）、清洁饮用水（目标 6）、经济适用的清洁能源（目标 7）、可持续城市和社区（目标 11）、气候行动（目标 13）和陆地生物（目标 15）等。

4. 认同世界各地的植物仍然面临着持续不断的威胁，这些威胁因素包括生境消失与退化、不可持续的开发、污染、物种入侵和气候变化。

5. 注意到当前技术水平已经可以做到防止任何一种植物物种的灭绝，通过在保护区和其他可持续管理的栖息地中进行的就地保护，和通过种子库、超低温保存和活植物收集区（或专类园）里的迁地保护，已经有能力保护所有已知的珍稀濒危物种。

6. 任何一种已知植物物种的灭绝都是不可原谅的。

7. 认识到植物园是一独特的保护机构，可以将专业知识、经验和技能及资源综合运用到有效的植物保护中，并实现科学研究、园林园艺、保护和公众教育之间的有效融合。

8. 注意到许多植物园已经对植物保护做出了重要贡献，但必须承认，仍急需扩大现有的植物保护行动的规模，包括各个植物园自身的行动以及通过与合作伙伴网络、机构及其他组织的联合行动。

9. 2002 年正式被《生物多样性公约》接受，2011 年更新的《全球植物保护战略》为全球植物多样性保护提供了极为重要的框架并取得了重要成绩。

10. 主张植物园及其他相关植物研究和保护机构应利用个人和集体的资源和力量：

（1）加快完成全球植物物种编目，因为只有已知或描述过的物种方可进行保护；

（2）支持开发有效的物种鉴定工具，以加强对受非法或无管制交易威胁物种的保护；

（3）完成对所有已知物种的灭绝风险评估，以便对最需要保护的物种进行有针对性的有效保护；

（4）设计、设立、保护和管理更多的保护区及其他可持续管理的栖息地，尤其是生物多样性的重点区域，以便在自然环境中保护受威胁的植物物种，即就地保护，使得它们在野外成为一稳定的种群并支撑与之相关系的其他物种；

（5）研究和监测珍稀濒危和衰退的植物野生种群，确保它们是有效保护项目的对象，实现种群的野外自我繁衍；

（6）继续发展配套措施，支持珍稀濒危植物物种的保护和种群恢复，包括迁地保护措施，如：在种子库、超低温冷库和活植物收集区，开展基因多样化和补充性的种质收集；

（7）弄清所有已知珍稀濒危物种的种子储存能力和繁殖方法，以便提供最及时有效的迁地保护方法；

（8）发起保护迁移（Conservation Translocations）的新计划，扩大生态恢复的规模，以支持濒危物种及其生境的恢复；

（9）对普通大众、决策者和所有年龄段的学生进行科普，包括植物的重要性及对人类福祉的重要价值，植物保护的重要性及方法；

（10）让当地、区域及世界各国的领导者参与到制定植物保护的政策和行动中来，确保植物物种的永久存在；

（11）积极参与构建活跃的植物保护网络，填补植物保护的空白区域、发展相关知识。

11.呼吁所有植物园将植物保护列为其使命的重中之重，与主管机构、资助机构、赞助商、游客、当地社区及其他利益相关者一道，扩大植物保护行动的规模并提高其有效性，以确保植物物种零灭绝。

12.进一步呼吁建立新的植物园，并加大对现有植物园的支持，尤其是处于植物多样性富集的地区和具有气候和生物地理独特性的植物园，以弥补现有植物园网络中分布不够合理的不足。

13. 敦促生物多样性公约缔约方关注并制定新的 2020 年之后的《全球植物保护战略》，其中包括确定新的可衡量的目标，进而支撑 2020 年后《全球生物多样性框架》和《可持续发展目标》的实现。

1978年前后，在方毅同志的支持下，《哥德巴赫猜想》《小木屋》《胡杨泪》等一批反映科学家和科技创新的报告文学作品相继问世，引起了强烈的社会反响。这些被人们认为反映了"科学的春天"到来的激越文字，已经或依然在影响着很多人的人生选择。

2013年5月，中国科学院启动了新一轮机关管理体制改革，成立了科学传播局。在传播局的战略规划中，明确提出创作一批反映科技创新、歌颂科技工作者的高质量文化产品，争取可以传世。在中国作家协会副主席白庚胜同志、中国科学院文联主席（现任名誉主席）郭曰方同志、中国科学院科学传播局局长周德进同志的倡议下，这一想法明确为创作出版一套反映新中国科技成就的报告文学作品。由此，中国科学院、中国作家协会、中国科学技术协会三方达成联合创作一套大型报告文学作品的高度合作共识。2015年1月，中国科学院、中国作家协会、中国科学技术协会主要领导联合会签工作方案，正式将其定名为"'创新报国70年'大型报告文学丛书"。

知易行难。经选题遴选、作家推荐、研究所对接，到2015年11月13日，"创新报国70年"大型报告文学丛书项目举行第一批选题签约仪式，6项选题正式开始创作。其后，项目进入稳步有序的推进阶段，先后组织了4批选题的编创工作。

这是一个跨部门、大联合、大协作的项目，从工作设想到一字一句落墨定稿，数百人为之操劳奔走，为之辛苦不眠，为之拈断髭须。在选题、作家遴选阶段，中国科学院12个分院近60家院属单位提交了选题方向建议，多家研究所主动联系项目办公室，希望承担选题创作支撑任务；白春礼、侯建国、钱小芊、白庚胜、谭铁牛、王春法、袁亚湘、杨国桢、万立骏、陈润生、周忠和、林惠民、顾逸东、王扬宗、彭学明等20余位院士、专家直接参与统筹指导、选题遴选工作，为从根源上保障丛书水准出谋划策；中国作家协会、中国科学技术协会给予项目高度支持，细心考虑多方因素，源源不断地推荐最合适的优秀作家，提供强有力的支撑。

在调研创作阶段，30余位作家舟车劳顿，不辞辛劳深入科研一线调研采访，深挖一人一事。以"青藏高原科学考察项目""东亚飞蝗灾害综合治理""顺丁橡胶工业生产新技术""灾后心理援助十周年纪实""从人工全合成牛胰岛素研究到人工全合成核糖核酸研究""从'黄淮海战役'到'渤海粮仓'""包头、攀枝花、金川综合开发项目""中国植物分类学发展与植物志书编纂""中国科大'少年班'""李佩先生相关事迹"为代表的选题，因涉及年代较为久远，跨越了一代甚至几代人的时光，部分重大工程参与单位遍布全国，部分中国科学院外单位甚至已经取消或重组，探访困难。纪红建、陈应松、薛媛媛、秦岭、铁流、李鸣生、杨献平、彭程、李燕燕、冯秋子等作家，在选题依托单位的支持下，以科研成果为中心，不囿于门户，尽最大可能遍访相关单位和亲历者，尊重历史、尊重科学的初心始终如一。以"从'望洋兴叹'到'走向深海大洋'""从无缆水下机器人研究到'蛟龙'号载人深潜器""猕猴桃属植物资源保护、种质创新及新品种产业化""我国两栖动物资源'国情报告'""中国泥石流研究""文章写在大地上——植物学家蔡希陶""中国北方沙漠化过程及其防治""冻土与沙漠地区工程建设支持西部发展""唤醒盐湖'沉睡'锂资源""澄江生物群和寒武纪大爆发"为代表的选题，采访、调研的客观条件较为恶劣。许晨、徐剑、李青松、裘山山、葛水平、李朝全、毛眉、李春雷、马步升、董立勃等作家，出远海、访林间、探深山、翻石冈、巡雨林、穿沙漠、过盐湖，亲历一线采风，与科研人员同吃同住同工作，以自己的亲身见闻，撰写出最生动的文章。而以"北京正负电子对撞机及二期改造工程""核聚变领跑记：中国的'人造太阳'""从黄土到季风""载人航天工程空间科学与应用""大气灰霾的追因与控制""高福院士和他的病毒免疫学团队""强激光技术""'中

228

国天眼'及南仁东先生事迹"为代表的选题,涉及大量晦涩难懂的基础科学研究及其前沿进展。叶梅、武歆、冯捷、周建新、哲夫、张子影、蒋巍、王宏甲等作家克服极大困难,"跨界"学习自己所不熟悉的科学知识,甚至成了相关领域的"半个专家"。与此同时,中国科学院下属30余家科研院所逾百位分管领导和工作人员任劳任怨、尽职尽责,为作家创作提供支撑保障。如西北生态环境资源研究院办公室副主任岳晓,曾十余次陪同作家前往一线采访,包括环境艰苦恶劣的青海格尔木站和北麓河站(海拔4800米)、宁夏中卫沙坡头站、新疆天山冰川站和阿勒泰站等。

在审读定稿阶段,科学界、文学界近150位专家参与审读工作,为高质量作品的诞生提供有力保障。"冯康先生及其家族对中国科学技术的贡献"选题作家宁肯在书稿初稿创作完成后,秉着精益求精的态度,充分尊重各方建议,先后进行了三次重大调整,所付出的精力与调研创作时不相上下。"周立三先生对我国国情研究的贡献"选题作家杜怀超对作品精雕细琢,根据审读意见不断修改完善,对笔误也一一审校订正,力争做到尽善尽美。

"创新报国70年"大型报告文学丛书的创作出版工作,已历时五年。这五年中,科学与文学相互激荡、科学家与文学家激情碰撞。这些"碰撞",也成为开展工作的难点所在。例如,书稿标题的拟定，是应当更平实，还是更富文学性？一项科研工作，是应当尽可能全面展示，还是选取最具可读性的片段施以浓墨重彩？一个或多个工作团队中，应当展现什么人物？又该重点展示这些人物的哪些方面？凡此种种，在成稿之前，作家和科研人员都展开了无数轮"激烈"讨论，经过多方考虑才达成一致。这些或大或小的"碰撞"，在编写过程中，是大家的焦虑所在；在最终呈现给大家的这套书中，也许将是最精华之所在。处理或有不周，但作为一种"跨界"的磨合，相信读者会读出不一样的精彩。

"创新报国70年"大型报告文学丛书项目办公室设在中国科学院科学传播局，联合中国作家协会创联部、中国科学技术协会调宣部共同开展统筹协调工作。项目执行单位先后设在中国科学院计算机网络信息中心、中国科学院文献情报中心。前前后后，数十人为之操劳奔忙，他们是中国科学院的杨琳、胡卉、储姗姗、李爽、陈雪、崔珞、王峥、孙凌筱、张颖敏、岳洋，中国作家协会的高伟、范党辉、孟英杰，中国科学技术协会的孟令耘等。这个团队持续跟踪选题创作和审读进展，及时发现问题、解决问题，付出了大量的时间和精力，保障了丛书的顺利出版。

感谢中国作家协会、中国科学技术协会、中国科学院以及浙江教育出版社的精诚合作，感谢各位专家、作家和工作人员对此项工作的辛勤付出，相信"创新报国70年"大型报告文学丛书的出版能够有力地传承科学文化，推进科技与人文融合发展，弘扬社会主义核心价值观和新时代科学家精神，为实现中华民族伟大复兴的中国梦发挥出独特作用。

"创新报国 70 年"大型报告文学丛书项目组

2019 年 6 月

图书在版编目（ＣＩＰ）数据

高蹈之魂 / 毛眉著. -- 杭州 ： 浙江教育出版社，
2019.11
（"创新报国70年"大型报告文学丛书）
ISBN 978-7-5536-9362-0

Ⅰ. ①高… Ⅱ. ①毛… Ⅲ. ①报告文学－中国－当代
Ⅳ. ①I25

中国版本图书馆CIP数据核字(2019)第162147号

"创新报国70年"大型报告文学丛书

高蹈之魂
GAO DAO ZHI HUN

毛眉　著

策　　划：周　俊
责任编辑：李思然
责任校对：谢　瑶
责任印务：沈久凌
出版发行：浙江教育出版社（杭州市天目山路40号　邮编：310013）
图文制作：杭州林智广告有限公司
印刷装订：浙江海虹彩色印务有限公司
开　　本：635 mm×965 mm　1/16
印　　张：15.25
字　　数：158 000
版　　次：2019 年 11 月第 1 版
印　　次：2019 年 11 月第 1 次印刷
标准书号：ISBN 978-7-5536-9362-0
定　　价：58.00 元
联系电话：0571-85170300-80928
网　　址：www.zjeph.com